アイドル幼《おさな》なじみと溺《でき》愛《あい》学《がく》園《えん》生《せい》活《かつ》
君《きみ》だけが欲《ほ》しいんです

木《きの》下《した》 すなす

JN039395

カドカワ読書タイム

Contents
もくじ

Character
登場人物《とうじょうじんぶつ》

花垣《はながき》 美織《みおり》
主人公《しゅじんこう》。
4月《がつ》から中学《ちゅうがく》1年生《ねんせい》。
まっすぐな性格《せいかく》をしており、
子供《こども》のころは泣《な》き虫《むし》だった俊《しゅん》を気《き》にかけていた。

鈴木《すずき》 俊《しゅん》
中学《ちゅうがく》1年生《ねんせい》。
アイドルグループ Top-of-King3《トップ オブ キングス》のセンター。
美織《みおり》の幼《おさな》なじみ。子供《こども》のころは泣《な》き虫《むし》だった。
美織《みおり》のことが大好《だいす》き。

早瀬《はやせ》 玲《れい》
中学《ちゅうがく》3年生《ねんせい》。
Top-of-King3《トップ オブ キングス》のリーダー。
穏《おだ》やかで優《やさ》しい笑顔《えがお》が人気《にんき》。

椿《つばき》 瑛斗《えいと》
中学《ちゅうがく》1年生《ねんせい》。
Top-of-King3《トップ オブ キングス》のメンバー。
歌《うた》もダンスも上手《うま》い。俊《しゅん》のライバル。

小鳥遊《たかなし》 凪咲《なぎさ》
中学《ちゅうがく》1年生《ねんせい》。美織《みおり》の親友《しんゆう》。
親《ひた》しみやすく、コミュ力《りょく》のある少女《しょうじょ》。

一話《いちわ》　三年《さんねん》ぶりの再会《さいかい》

「きゃー！　俊《しゅん》さまーっ！」

校門《こうもん》をくぐるなり、割《わ》れんばかりの黄色《きいろ》い歓声《かんせい》が上《あ》がる。

隣《となり》を見《み》ると――俊《しゅん》が、ニヤリと口角《こうかく》を上《あ》げて投《な》げキッスをしていた。

またわき上《あ》がる女《おんな》の子《こ》たちは、それぞれに思《おも》いの丈《たけ》を叫《さけ》びはじめる。

「今日《きょう》も一番《いちばん》カッコイイです！」

「大好《だいす》き！　次《つぎ》のライブはぜったい参戦《さんせん》するね！」

「こっち向《む》いてー！」

そのうち生徒指導《せいとしどう》の先生《せんせい》が飛《と》んできて、みんなを無理《むり》やり教室《きょうしつ》に戻《もど》らせていた。

はぁーっ、とわざとらしいため息《いき》が私《わたし》の耳《みみ》にかかる。

「罪《つみ》だよなぁ、イケメンって。ね？　美織《みおり》」

深《ふか》みのある中低音《ちゅうていおん》ボイスで囁《ささや》き、私《わたし》にドヤ顔《がお》をしてくる俊《しゅん》。

……もうっ！　さっきも、数人《すうにん》の女《おんな》の子《こ》たちから睨《にら》まれていたんだからね!?

と、私《わたし》が内心《ないしん》焦《あせ》りまくっていることなんて知《し》る由《よし》もなく、俊《しゅん》は相変《あいか》わらずニコニコとして肩《かた》を寄《よ》せてきている。

「ちょっと、近《ちか》いってば」

「だって美織《みおり》、手《て》もつないでくんないんだもん」

「当《あ》たり前《まえ》でしょ!?　いくら幼《おさな》なじみだからって……」

そのとき。すっ、と真剣《しんけん》な表情《ひょうじょう》になる俊《しゅん》を見《み》て、思《おも》わず息《いき》をのむ。

こちらを見《み》つめる大《おお》きな瞳《ひとみ》に、吸《す》いこまれてしまいそうだ。

「……ずっと前《まえ》から、僕《ぼく》は美織《みおり》のことだけが好《す》きだって言《い》ってるよね？」

なんで——いつから、こんなことを言《い》うようになったの!?

俊《しゅん》は、いつも泣《な》き虫《むし》で、私《わたし》にとって守《まも》るべき弟《おとうと》みたいな存在《そんざい》……だったのに。

三年《さんねん》ぶりに俊《しゅん》と再会《さいかい》したのは、つい先週《せんしゅう》の出来事《できごと》だった。

「んん～？？」

「どうしたの？　美織《みおり》」

今日《きょう》は中学校《ちゅうがっこう》の初登校日《はつとうこうび》。

すっかり春《はる》めいてきて、また新《あら》たな出会《であ》いを期待《きたい》して胸《むね》を膨《ふく》らませていたところ……だったのだけど。

ふとつけたテレビに、最近話題《さいきんわだい》のあの人《ひと》が映《うつ》っていて……何度《なんど》も首《くび》をかしげてしまう。

そんな私《わたし》を見《み》て、お母《かあ》さんは卵焼《たまごや》きを作《つく》る手《て》を止《と》め、振《ふ》り向《む》いてくる。

「なんかあったの？」

「いや……」と、一瞬《いっしゅん》ためらったけど、ついにたずねることにした。

それはもう、ずーっとすごく気《き》になっていたこと。

「この柊木俊《ひいらぎしゅん》って子《こ》、あの俊《しゅん》に似《に》てない？」

テレビに映《うつ》っているのは、去年《きょねん》、トップアイドルの京極蓮司《きょうごくれんじ》（通称《つうしょう》・れんれん）がオーディションを開催《かいさい》し、最近《さいきん》デビューを果《は》たしたと話題《わだい》の〝Top-of-King3《トップオブキングス》〟。十代《じゅうだい》の男性三人組《だんせいさんにんぐみ》のアイドルグループで、今《いま》は様々《さまざま》な音楽《おんがく》チャートで一位《いちい》をとっている。

私《わたし》が指《ゆび》さしているのは、そのTop-of-King3《トップオブキングス》のセンターであり、私《わたし》と同《おな》い年《どし》の柊木俊《ひいらぎしゅん》。

「んん？　あの俊《しゅん》って？」

「ほら、小三《しょうさん》くらいまで私《わたし》がずっと仲良《なかよ》くしてた男《おとこ》の子《こ》」

お母《かあ》さんったら、なにをとぼけているんだろう？

俊《しゅん》といえば、俊《しゅん》だ。

家《いえ》が隣《となり》で、いつも私《わたし》の後《うし》ろにくっついて行動《こうどう》していた、弟《おとうと》みたいで可愛《かわい》い幼《おさな》なじみ。

なぜか前髪《まえがみ》が長《なが》くて暗《くら》いし、弱虫《よわむし》だったから、幼稚園《ようちえん》の砂場《すなば》でつくったお城《しろ》を壊《こわ》されたりしていつも泣《な》いていた。

私《わたし》は、そんな俊《しゅん》をいじめる子《こ》たちを怒《おこ》っては追《お》い払《はら》い、ずっと守《まも》っていた。

俊《しゅん》の両親《りょうしん》はあまり仲良《なかよ》くなかったみたいで、俊《しゅん》が小学校《しょうがっこう》に上《あ》がる頃《ころ》には離婚《りこん》して、俊《しゅん》は父親《ちちおや》に引《ひ》き取《と》られていた。名字《みょうじ》が鈴木《すずき》から変《か》わらなくてよかった、なんて泣《な》きそうな顔《かお》で抱《だ》きついてきたのを、今《いま》でも覚《おぼ》えている。

だから、私《わたし》がいないと誰《だれ》かにやられて泣《な》きじゃくっていたり、一人《ひとり》で寂《さび》しそうにしている俊《しゅん》がどうしてもほうっておけなくて。私《わたし》は常《つね》にそばにいたんだ。

俊《しゅん》も、そんな私《わたし》のそばに、ずっといた。

三年前《さんねんまえ》、俊《しゅん》のお父《とう》さんの仕事《しごと》の都合《つごう》で引《ひ》っ越《こ》し、離《はな》れ離《ばな》れになるまでは……。

「俊《しゅん》くんは、鈴木俊《すずきしゅん》でしょ？　この子《こ》は柊木俊《ひいらぎしゅん》じゃない」

「……だから、芸名《げいめい》なんじゃないかなって……」

言《い》いながらも、私《わたし》はだんだん恥《は》ずかしくなってきた。

だって、テレビに映《うつ》る柊木俊《ひいらぎしゅん》は、誰《だれ》よりもイケメンで、キラキラの笑顔《えがお》を振《ふ》りまいて自信《じしん》たっぷりに新曲《しんきょく》について語《かた》っている。

あの泣《な》き虫《むし》な俊《しゅん》と同一人物《どういつじんぶつ》だなんて……ナイナイ！

冷静《れいせい》になって考《かんが》えてみれば、今《いま》でも俊《しゅん》とは月二《つきに》くらいは手紙《てがみ》でやりとりしているし……もし、アイドルになんてなっていたら、ぜったいに教《おし》えてくれるよね？

やっぱりありえないや。と、お母《かあ》さんが机《つくえ》に置《お》いてくれた卵焼《たまごや》きを頬張《ほおば》ってテレビを消《け》そうとするけど……画面《がめん》いっぱいに映《うつ》る柊木《ひいらぎ》俊《しゅん》の顔《かお》を見《み》て、つい手《て》を止《と》めてしまう。

すっと通《とお》った鼻筋《はなすじ》に、小顔《こがお》ではっきりとした輪郭《りんかく》。そして、くりっとした大《おお》きな瞳《ひとみ》は淡《あわ》く透《す》き通《とお》った海色《うみいろ》。……俊《しゅん》の前髪《まえがみ》の下《した》も、こんな目《め》だったなぁ。

いつも、綺麗《きれい》だなぁ、もったいない、と思《おも》って見《み》てた。

けど同時《どうじ》に、誰《だれ》にも知《し》られていない宝物《たからもの》を独《ひと》り占《じ》めしているみたいで、なんだか嬉《うれ》しかった。

そんなことを思《おも》い出《だ》しながら、テレビ画面《がめん》をぼーっと見《み》つめる。

柔《やわ》らかそうな黒髪《くろかみ》も、見《み》れば見《み》るほどあの頃《ころ》と一緒《いっしょ》だった。

「笑《わら》い方《かた》が、そっくりなんだよねぇ」

そう。私《わたし》は俊《しゅん》の笑《わら》い声《ごえ》が特《とく》に大好《だいす》きだった。

いつも泣《な》いてばっかりの俊《しゅん》が、笑《わら》うときはお腹《なか》に手《て》を当《あ》てて大口《おおぐち》を開《あ》け、びっくりするくらい響《ひび》く声《こえ》を出《だ》すんだ。

あの無邪気《むじゃき》な姿《すがた》が見《み》たくて、私《わたし》は隙《すき》があれば変《へん》なポーズをしたりして、俊《しゅん》を笑《わら》わせていたっけ。

「うふふ。まぁ、気《き》のせいなんじゃない？」

「……そうかなぁ。ていうか、お母《かあ》さん、なんでさっきからそんなにニヤついてるの？」

「ええ～？　気《き》のせいよぉ」

なんだか嬉《うれ》しそうなお母《かあ》さん。ぜったいにおかしい！　と思《おも》ったけど、それから何度《なんど》問《と》いつめてもはぐらかされ、私《わたし》はそのうち諦《あきら》めた。

もう、知《し》らない。

テレビを消《け》し、まっさらな制服《せいふく》に腕《うで》を通《とお》す。チェック柄《がら》のスカートをはいたところで、私《わたし》もやっと笑顔《えがお》になれた。

まぁ、柊木俊《ひいらぎしゅん》くんみたいにカッコよかったら、友達百人《ともだちひゃくにん》できそうだけど！　私《わたし》は私《わたし》で、心機《しんき》一転《いってん》。中学校《ちゅうがっこう》では、ぜったいに上手《うま》くやるんだ。中学校《ちゅうがっこう》では——。

少《すこ》しの不安《ふあん》と、漠然《ばくぜん》とした期待《きたい》を胸《むね》に。

「いってきます！」と、大《おお》きく手《て》を振《ふ》って家《いえ》を出《で》る。

太陽《たいよう》の光《ひかり》がさんさんと降《ふ》り注《そそ》いでいて、近所《きんじょ》の川面《かわも》がキラキラと輝《かがや》いていた。そこに流《なが》れる桜《さくら》の花《はな》びらを見《み》て、つい、ふふっと声《こえ》をもらしてしまう。俊《しゅん》とここでよく遊《あそ》んだなぁ……。

懐《なつ》かしいなぁ、元気《げんき》にしてるかな？　俊《しゅん》。

そういえば、俊《しゅん》も今日《きょう》が初登校日《はつとうこうび》だって言《い》ってたな。

入学式《にゅうがくしき》の日《ひ》にスマホをプレゼントしてもらったから、いつでもメッセージ送《おく》れるし！　俊《しゅん》には手紙《てがみ》で連絡先《れんらくさき》を送《おく》って、柊木俊《ひいらぎしゅん》のことも話《はな》してみよう。

スキップしたくなる気持《きも》ちを抑《おさ》え、通学路《つうがくろ》を早足《はやあし》で歩《ある》いていく。

そのとき、一際《ひときわ》テンションの高《たか》い声《こえ》が後《うし》ろから響《ひび》いてきた。

「おっはよ〜！　みおりんっ！」

ぐっと肩《かた》に体重《たいじゅう》を乗《の》せられた私《わたし》は、「わっ」と思《おも》わず倒《たお》れそうになる。振《ふ》り返《かえ》ると——やっぱり、大親友《だいしんゆう》の小鳥遊凪咲《たかなしなぎさ》がいた。

「びっくりしたぁ。おはよ、凪咲《なぎさ》」

「えっへへ〜。今日《きょう》はぁ、後《うし》ろから登場《とうじょう》してみたっ！」

「もう、そこの曲《ま》がり角《かど》から出《で》てくると思《おも》ったのに」

「残念《ざんねん》〜っ、まさかの電信柱《でんしんばしら》に隠《かく》れてましたっ！」

満面《まんめん》の笑《え》みで、イタズラっぽく舌《した》を出《だ》す凪咲《なぎさ》。今日《きょう》も、ちらりと見《み》える八重歯《やえば》が可愛《かわい》らしい。三《み》つ編《あ》みのツインテールがいつもより高《たか》い位置《いち》にあって、気合《きあ》いが入《はい》っているのがわかった。

凪咲《なぎさ》も、初登校日《はつとうこうび》を楽《たの》しみにしてたんだなぁ。

私《わたし》と凪咲《なぎさ》は、小三《しょうさん》の頃《ころ》からの仲《なか》だ。俊《しゅん》が転校《てんこう》していった後《あと》、入《い》れ替《か》わるように凪咲《なぎさ》が転校《てんこう》してきて、家《いえ》が近《ちか》いから一緒《いっしょ》に登下校《とうげこう》するようになったんだ。持《も》ち前《まえ》の明《あか》るさで誰《だれ》とでも距離《きょり》を詰《つ》められる凪咲《なぎさ》は、クラスに馴染《なじ》むのも早《はや》くて眩《まぶ》しかったなぁ。

可愛《かわい》くて、アイドルみたいな凪咲《なぎさ》は人気者《にんきもの》だけど、ずーっと私《わたし》のことを大親友《だいしんゆう》だって言《い》ってくれるんだ。

まっすぐなみおりんが大好《だいす》きっ！　って。

曲《ま》がっていることが大嫌《だいきら》いな私《わたし》だけど……時《とき》には迷《まよ》うこともあって。でも、凪咲《なぎさ》はそんな私《わたし》を気《き》に入《い》ってそばにいてくれるから、一人《ひとり》じゃないんだって安心《あんしん》できる。

俊《しゅん》がいなくなってから心寂《こころさび》しくなっていたけど、凪咲《なぎさ》のおかげで毎日《まいにち》が楽《たの》しくなったなぁ。

本当《ほんとう》に、私《わたし》は恵《めぐ》まれている。

中学《ちゅうがく》でも、また素敵《すてき》な出会《であ》いがあるといいな。

そんなふわふわとした気持《きも》ちで、桜並木《さくらなみき》を歩《ある》いていく。

このときの私《わたし》は、これからドキドキしっぱなしの無茶苦茶《むちゃくちゃ》な学園生活《がくえんせいかつ》を送《おく》ることになるなんて、夢《ゆめ》にも思《おも》っていなかったんだ。

学校《がっこう》に着《つ》くと、一年生《いちねんせい》の教室《きょうしつ》が並《なら》んでいる廊下《ろうか》に、クラス発表《はっぴょう》の貼《は》り紙《がみ》があった。

大勢《おおぜい》のなかをかき分《わ》けて進《すす》み、私《わたし》もなんとか自分《じぶん》の名前《なまえ》を探《さが》す。

花垣美織《はながきみおり》、花垣美織《はながきみおり》……っと。

あった！　Ｃ組《ぐみ》だ。

「――えっ⁉」

そのとき。思《おも》わぬ人物《じんぶつ》の名前《なまえ》が目《め》に飛《と》び込《こ》んできて、私《わたし》は言葉《ことば》を失《うしな》ってしまう。

〝鈴木《すずき》　俊《しゅん》〟

三年前《さんねんまえ》に離《はな》れ離《ばな》れになった、私《わたし》の可愛《かわい》い幼《おさな》なじみ。

確《たし》かに、同《おな》じクラスの欄《らん》に、俊《しゅん》の名前《なまえ》があったのだ。

「嘘《うそ》、うそ、ウソ……！」

人目《ひとめ》も気《き》にせず、私《わたし》はひとり舞《ま》い上《あ》がり、その場《ば》で何度《なんど》も足踏《あしぶ》みをする。

俊《しゅん》って……あの俊《しゅん》……っ⁉

そう、だよね……⁉

帰《かえ》ってきてるんだ……っ！

でも、なんで？　そんなこと、一言《ひとこと》も聞《き》いてないよ⁉

「きゃ～！　みおりんっ、また同《おな》じクラスだよぉ～！　うちらさぁ、小学校卒業前《しょうがっこうそつぎょうまえ》から同《どう》クラになりたいって話《はな》しまくってたもんねぇ！　よかった……ん？　みおりん？」

「あっ……よかった！　ご、ごめんっ凪咲《なぎさ》！　ちょっと先行《さきい》ってるね！」

「えっ⁉　みおりん～っ⁉」

他《ほか》の名前《なまえ》がいっさい目《め》に入《はい》らなくなった私《わたし》は、あわててC組《ぐみ》の教室《きょうしつ》まで向《む》かう。

俊《しゅん》が……っ、俊《しゅん》がいるんだ！

ガラッと勢《いきお》いよく扉《とびら》を開《あ》ける。

けど、振《ふ》り向《む》いた子《こ》たちのなかに、俊《しゅん》の姿《すがた》はなかった。

「……なぁーんだ、まだ来《き》てないのかぁ。俊《しゅん》め、会《あ》ったらぜったいに問《と》い詰《つ》めてやるんだから」

「――なにを問《と》い詰《つ》めるの？」

耳元《みみもと》で、懐《なつ》かしい声《こえ》がする。

落《お》ち着《つ》いた、なのに響《ひび》く、少《すこ》しだけ低《ひく》い声《こえ》。

振《ふ》り向《む》く前《まえ》に、私《わたし》は後《うし》ろからぎゅうっと抱《だ》きしめられる。

「やっと会《あ》えた、僕《ぼく》の可愛《かわい》い美織《みおり》」

瞬間《しゅんかん》。

ぎゃあぁぁぁー!!　とつんざくような女《おんな》の子《こ》たちの叫《さけ》び声《ごえ》が上《あ》がる。

「えっ、待《ま》って!!　あれって、俊《しゅん》さま!?」

「え!!　ヤバい!!　本当《ほんとう》に俊《しゅん》さまじゃん!!」

「メガネかけててわかんなかった!!　めっちゃイケメン!!」

あちこちから聞《き》こえてくる〝俊《しゅん》さま〟〝カッコイイ〟の声《こえ》。

首《くび》にがっしりと腕《うで》をまわされたまま、おそるおそる振《ふ》り向《む》くと、そこには――

「覚《おぼ》えてる？　僕《ぼく》のこと」

今朝《けさ》、テレビ画面《がめん》に映《うつ》っていた、あの〝柊木俊《ひいらぎしゅん》〟がいた。

二話《にわ》　三年《さんねん》ぶりのお姫様《ひめさま》

side 俊《しゅん》

「ちょっと！　どういうこと⁉」

三年《さんねん》ぶりに、教室《きょうしつ》で運命《うんめい》の再会《さいかい》を果《は》たしたというのに……僕《ぼく》はいま、体育館裏《たいいくかんうら》に無理《むり》やり引《ひ》っ張《ぱ》ってこられていた。

目《め》の前《まえ》のお姫様《ひめさま》は、そうとうお怒《いか》りのようだ。

……まぁ、そんな顔《かお》も可愛《かわい》いんだけどね。

「どういうことって、なにが？」

「もう全部《ぜんぶ》よ！　説明《せつめい》して!!」

せっかくひとけの少《すく》ないところに来《き》たにもかかわらず、大声《おおごえ》を出《だ》して僕《ぼく》を睨《にら》みつける美織《みおり》。

腰《こし》に手《て》を当《あ》て、桜色《さくらいろ》の唇《くちびる》を尖《とが》らせている。……懐《なつ》かしいな。小《ちい》さい頃《ころ》は、こうやってよく怒《おこ》られていたっけ。

けど、あの頃《ころ》とは違《ちが》って、僕《ぼく》はいま美織《みおり》を見下《みお》ろしている。

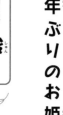

ぷにぷにの頬《ほ》っぺたをさらに膨《ふく》らませ、綺麗《きれい》な薄茶色《うすちゃいろ》の瞳《ひとみ》で上目《うわめ》づかいをされるなんて……もう、至幸以外《しこういがい》のなにものでもない。成長期万歳《せいちょうきばんざい》だ。

こんな可愛《かわい》い生《い》き物《もの》が存在《そんざい》してもいいのか、なんて世界《せかい》に問《と》いたくなる。あぁ、ストレートな栗色《くりいろ》の髪《かみ》の毛《け》も、あの頃《ころ》よりもっと輝《かがや》いている……。

「ちょっと、聞《き》いてるの？」

よく通《とお》る声《こえ》にハッとした僕《ぼく》は、あわてて咳払《せきばら》いをし、一瞬《いっしゅん》にして完璧《かんぺき》な笑顔《えがお》を作《つく》ってみせた。

軽《かる》くファンサービスモードに入《はい》り、パチッとウインクを決《き》める。

「どうも、みんなの王子様《おうじさま》――と見《み》せかけて、美織《みおり》だけの王子様《おうじさま》っ。鈴木俊《すずきしゅん》です！」

「キャラが違《ちが》ーう！　私《わたし》の知《し》ってる鈴木俊《すずきしゅん》じゃなーい!!」

頭《あたま》を抱《かか》え、騒《さわ》ぎだす美織《みおり》。

あははっ！　と思《おも》わず腹《はら》を抱《かか》えて笑《わら》った。

すると、美織《みおり》は目《め》を丸《まる》くし、僕《ぼく》のことをじいっと見《み》つめはじめる。

「……美織《みおり》？」

不思議《ふしぎ》に思《おも》って聞《き》くと、美織《みおり》は瞬《まばた》きをし、ふんわりと笑《わら》った。

「あぁ、やっぱり……俊《しゅん》なんだなぁ、と思《おも》って。笑《わら》い方《かた》が一緒《いっしょ》だもん」

安心《あんしん》したように胸《むね》を撫《な》で下《お》ろす美織《みおり》を見《み》て、僕《ぼく》の心臓《しんぞう》はドキッと音《おと》を立《た》てる。……もう、反《はん》応《のう》がいちいち可愛《かわい》くてたまらない。

「そうだよ。会《あ》えて嬉《うれ》しい？」

若干《じゃっかん》ドヤ顔《がお》混《ま》じりに言《い》うと、美織《みおり》はまた唇《くちびる》を尖《とが》らせ、「……やっぱりなんか違《ちが》う……」と納《なっ》得《とく》のいかない表情《ひょうじょう》をする。

しめしめ、と思《おも》いながらも、僕《ぼく》は落《お》ち着《つ》いているふりをしていた。

「なんで？　僕《ぼく》は、なんにも変《か》わっていないよ？」

「かっ、変《か》わりまくりじゃん！　なんのドッキリ!?」

「ドッキリ……？」

くく、と笑《わら》ってしまう。

美織《みおり》は本当《ほんとう》に、なんにもわかっていないんだね。

「僕《ぼく》はずっと、美織《みおり》のことだけを考《かんが》えて過《す》ごしてきたんだよ」

言《い》うと、美織《みおり》はキョトンとして口《くち》を開《あ》けた。

仕方《しかた》がないから、はしょって話《はな》すことにする。

僕《ぼく》の壮大《そうだい》な、「一撃《いちげき》☆美織《みおり》を落《お》とすラブロマンス計画《けいかく》！」を。

僕《ぼく》がアイドルのオーディションに参加《さんか》しようと決《き》めたのは、小五《しょうご》のときだった。

テレビをつけると、美織《みおり》の大好《だいす》きなトップアイドルで、最近独立《さいきんどくりつ》もしたと話題《わだい》の京極蓮司《きょうごくれんじ》が、自腹《じばら》を切《き》ってアイドルオーディションを開催《かいさい》すると話《はな》していた。

最初《さいしょ》は、「美織《みおり》の大好《だいす》きなれんれんだー」と思《おも》って見《み》ていただけだったのだけど、ふと思《おも》いついたのだ。

もし、このオーディションで合格《ごうかく》したら……美織《みおり》に好《す》きになってもらえるかな？　と。

物心《ものごころ》ついた頃《ころ》には、すでに美織《みおり》に恋心《こいごころ》を抱《いだ》いていたといっても過言《かごん》ではない。

僕《ぼく》は、ずっとずっと、美織《みおり》のことが好《す》きだった。

可愛《かわい》くて、正義感《せいぎかん》にあふれてて、まっすぐな美織《みおり》のことが大好《だいす》きで、尊敬《そんけい》もしていた。

小三《しょうさん》で涙《なみだ》のお別《わか》れをしてからは、会《あ》えないままだった。僕《ぼく》が、あまりにも遠《とお》くに引《ひ》っ越《こ》してしまったから……。でも、たまに電話《でんわ》したり、手紙《てがみ》のやりとりは続《つづ》けていた。

新《あたら》しい学校《がっこう》に行《い》くのは、すごく不安《ふあん》だった。

だって、もう、守《まも》ってくれる美織《みおり》はいないから。

人見知《ひとみし》りで目《め》もろくに合《あ》わせられなかった僕《ぼく》は、前髪《まえがみ》を伸《の》ばして壁《かべ》をつくっていたんだ。けど……美織《みおり》に、目《め》が綺麗《きれい》なのにもったいない！　なんて言《い》われていたことを思《おも》い出《だ》し、新《あたら》しい学校《がっこう》に転校《てんこう》するときにはバッサリと切《き》っていた。

すると、なんかモテた。

けっこうな数《かず》の女《おんな》の子《こ》から話《はな》しかけられるようになって、アイドルの誰々《だれだれ》くんに似《に》てる！だとか褒《ほ》められて自信《じしん》がついた僕《ぼく》は、人並《ひとな》み程度《ていど》には話《はな》せるようになっていた。

はじめて友達《ともだち》もできたし、なんと、告白《こくはく》もされるようになっていた。

けど、そんな僕《ぼく》の頭《あたま》のなかは、いつでも美織《みおり》でいっぱいだった。

今《いま》の僕《ぼく》だったら、もしかしたら、美織《みおり》もちょっとだけ意識《いしき》してくれたりするのかな……。

僕《ぼく》だって、美織《みおり》に守《まも》ってもらうばかりなのは情《なさ》けなくて……ずっと、泣《な》き虫《むし》な自分《じぶん》を変《か》えたくて仕方《しかた》がなかったんだ。

オーディションの募集《ぼしゅう》を見《み》たのは、そんなときだった。

「ごめんね。ずっと黙《だま》ってて……美織《みおり》のお母《かあ》さんにも、協力《きょうりょく》してもらってて」

お父《とう》さんは美織《みおり》のお母《かあ》さんと仲が良かったから、電話番号《でんわばんごう》を聞《き》いて、オーディションに参加《さんか》していることを話《はな》していたんだ。美織《みおり》にはまだ内緒《ないしょ》にしてほしい、って。

「えっ!?　お母《かあ》さんは知《し》ってたの!?」

「うん。だから、オーディション中《ちゅう》の様子《ようす》が配信《はいしん》される動画《どうが》サイトに、課金《かきん》してもらえなかったでしょ？」

「わっ、確《たし》かに!!　すっごい頼《たの》みこんでお手伝《てつだ》いもしたのに、ずっと反対《はんたい》されてた!!　俊《しゅん》のせいだったの!?」

「あははっ。全部《ぜんぶ》、僕《ぼく》の計算《けいさん》だったんだよ」

そう。すべては、トップアイドルになって美織《みおり》と再会《さいかい》し、惚《ほ》れさせて一気《いっき》に落《お》とす作戦《さくせん》のため――……ではなく。単《たん》に、恥《は》ずかしかっただけなんだけどね。てへっ。

だって、まさか合格《ごうかく》するなんて、夢《ゆめ》にも思《おも》っていなかったし。

はじめは、泣《な》き虫《むし》な自分《じぶん》を変《か》えたくて、大好《だいす》きな美織《みおり》に見直《みなお》してもらいたくて参加《さんか》したのだけど……。

蓮司《れんじ》さんに、「君《きみ》は光《ひか》るものがある」なんて褒《ほ》められて、歌《うた》もダンスも酷《ひど》い出来《でき》だったのに、最後《さいご》まで見《み》てくれて……。アドバイスもたくさんしてもらって、他《ほか》に参加《さんか》している経験者《けいけんしゃ》の人《ひと》たちにも教《おし》えてもらって、切磋琢磨《せっさたくま》していくうちに、だんだん自分《じぶん》の殻《から》をやぶれるようになっていったんだ。

僕《ぼく》は内向的《ないこうてき》だったけど、心《こころ》の奥底《おくそこ》では美織《みおり》への熱《あつ》い想《おも》いを持《も》っていたり、誰《だれ》よりもカッコよくなれるって自信《じしん》があったりしていて、蓮司《れんじ》さんのアドバイスでそれを前面《ぜんめん》に出《だ》せるようになった。

美織《みおり》への愛《あい》はそのままに、ファンの人《ひと》にも大切《たいせつ》に想《おも》う気持《きも》ちを伝《つた》え、注《そそ》ぐ。

どちらも嘘偽《うそいつわ》りない気持《きも》ちだから。

別《べつ》に、アイドルになる前《まえ》から、顔《かお》は悪《わる》くないって、ずっと思《おも》ってたし。

美織《みおり》のそばにいるのは、この僕《ぼく》が誰《だれ》よりも相応《ふさわ》しいと思《おも》っていた。

可愛《かわい》い可愛《かわい》い、僕《ぼく》だけの美織《みおり》は、世界中《せかいじゅう》の誰《だれ》にも渡《わた》さない。

今《いま》の僕《ぼく》なら、きっと美織《みおり》のナンバーワンになれる。

「——そんなわけで。これからもよろしくね？　美織《みおり》」

僕《ぼく》が近《ちか》づくと、美織《みおり》は後退《あとずさ》った。

……？　どうしたのだろう。

迷《まよ》わずに距離《きょり》を詰《つ》めると、美織《みおり》は両手《りょうて》のひらを向《む》けてくる。

「ちょっと、近《ちか》いよ！」

「なんで近《ちか》かったらいけないの？」

「や、だってカッコ……じゃなくて！　なんか、緊張《きんちょう》するから!!」

……緊張《きんちょう》する？

ふっ、と僕《ぼく》の頬《ほお》は緩《ゆる》んでしまう。

「美織《みおり》。顔《かお》、赤《あか》いよ？」

「……えっ!?　そうかな!?」

両手《りょうて》で頬《ほ》っぺを挟《はさ》み、上目《うわめ》づかいをする美織《みおり》。……あー、もう。天使《てんし》すぎるでしょ。

衝動《しょうどう》を抑《おさ》えられなくなった僕《ぼく》は、ぴた、と美織《みおり》に抱《だ》きついた。

小《ちい》さい頃《ころ》は、ずっとこうやって美織《みおり》にひっついて行動《こうどう》していたのに……美織《みおり》はいま、石《いし》のように身体《からだ》を固《かた》まらせている。

そうとう戸惑《とまど》っているようだ。

あぁ、でも、やっぱり美織《みおり》はあったかい。

「ちょっと……俊《しゅん》っ!?」

引《ひ》きはがそうとする美織《みおり》だけど、僕《ぼく》の身体《からだ》はびくともしない。

にやついたまま、耳元《みみもと》に囁《ささや》きかける。

「ずっと、会《あ》いたかったんだ。今《いま》まで僕《ぼく》のことを守《まも》ってくれてありがとう。これからは、美織《みおり》を守《まも》る王子様《おうじさま》になるからね」

「……なっ、ええ……？」

可愛《かわい》い声《こえ》を出《だ》し、耳《みみ》まで赤《あか》くする美織《みおり》。

今《いま》すぐ、僕《ぼく》のお嫁《よめ》さんになったりしないかな……。

三話《さんわ》　ドキドキの連続《れんぞく》

俊《しゅん》の、匂《にお》いがする。

少《すこ》し甘《あま》くて、安心《あんしん》する香《かお》り。……なのに、私《わたし》の心臓《しんぞう》はバクバクと鳴《な》りっぱなしだった。……

全然《ぜんぜん》、離《はな》れないし。

「その……さっきから王子様《おうじさま》だとか言《い》ってるけど……あの、どういうつもりなの？」

「ん？　どういう、って？　そのままの意味《いみ》だけど」

俊《しゅん》が喋《しゃべ》る度《たび》、耳《みみ》に息《いき》がかかってくすぐったい。

髪《かみ》の毛《け》もなんかチクチク当《あ》たってるし……！

「そのまま……？」

「美織《みおり》の王子様《おうじさま》になりたいんだけど。ダメ？」

――どういうこと？

私《わたし》の頭《あたま》には、はてなマークが増《ふ》えていく。

ずっと、私《わたし》のことを考《かんが》え続《つづ》けていたとか……。

「……もうっ！　いつから、そんなことを言《い》うようになったの!!」

つい、なんだか叱《しか》るように言《い》ってしまい、すぐにハッと口元《くちもと》をおさえる。……って、俊《しゅん》の背《せ》中《なか》に手《て》をまわしているみたいになっちゃった……。

そういえば、ずっと私《わたし》の後《うし》ろについてなきゃダメでしょ！　ってよく言《い》ってたっけ。

でも、今《いま》は——。

「……ずっと、僕《ぼく》は美織《みおり》しか眼中《がんちゅう》にないんだよ」

「へっ⁉」

「だいすき」

吐息混《といきま》じりに言《い》われ、全身《ぜんしん》が熱《あつ》くなる。

さらに心臓《しんぞう》がどっくんと音《おと》を立《た》て、俊《しゅん》に聞《き》こえるんじゃないかと心配《しんぱい》になる。

俊《しゅん》の香《かお》り、息《いき》づかい、あたたかさで包《つつ》まれて。

頭《あたま》のなかが、俊《しゅん》でいっぱいになる。

「……あっ、私《わたし》も」

「絶対《ぜったい》、美織《みおり》のナンバーワンになってみせるから」

「えっ？」

「美織《みおり》、僕《ぼく》のこと、まだ男《おとこ》として見《み》れないでしょ？」

さっきまでとは違《ちが》い、少《すこ》し悲《かな》しそうな声《こえ》で聞《き》いてくる俊《しゅん》。

「……ええっと」

ついさっきの瞬間《しゅんかん》、それを意識《いしき》してしまった自分《じぶん》がいて……顔《かお》を横《よこ》にそらしてしまう。

何《なに》をどう言《い》うべきか迷《まよ》う私《わたし》を見《み》て、俊《しゅん》は「だから——」と言葉《ことば》を紡《つむ》ぐ。

「美織《みおり》が、ちゃんと僕《ぼく》のことを選《えら》んでくれるまで、アタックし続《つづ》ける。絶対《ぜったい》に諦《あきら》めないから」

そう言《い》って無邪気《むじゃき》に笑《わら》うと、俊《しゅん》は離《はな》れてキメ顔《がお》でこっちを指《ゆび》さしてきた。

「覚悟《かくご》しとけよ」

一方的《いっぽうてき》に宣戦布告《せんせんふこく》され、何《なに》も言《い》えなくなってしまう私《わたし》。

俊《しゅん》はそんな私《わたし》に構《かま》わず、肩《かた》に腕《うで》をまわして「じゃあ、そろそろ戻《もど》ろっか」とニコニコしてまたくっついてくる。

なっ、なにこれ……。

登校初日《とうこうしょにち》からこんな展開《てんかい》になるなんて、聞《き》いてないよ〜〜っ!?

体育館《たいいくかん》の裏《うら》から出《で》る頃《ころ》には、俊《しゅん》はさっと瓶底《びんぞこ》メガネをかけ、目元《めもと》を隠《かく》していた。

「実《じつ》はカツラも持《も》ってきてるんだ」

「えっ、いいの？」

聞《き》くと、俊《しゅん》は分厚《ぶあつ》いメガネの奥《おく》で目《め》を細《ほそ》める。

「大丈夫《だいじょうぶ》だよ。ちゃんと、蓮司《れんじ》さんから校長《こうちょう》に話《はなし》つけてもらって、多少《たしょう》の変装《へんそう》グッズは持《も》ち込《こ》み可《か》になってるから。じゃないと、この学校《がっこう》の秩序《ちつじょ》を乱《みだ》しちゃうでしょ？」

「はぁ。……って、ええ!?　れんれんが直々《じきじき》に!?」

「うん。本当《ほんとう》は、デビューしたこともあって、芸能系《げいのうけい》の学校《がっこう》に行《い》くのを勧《すす》められてたんだけどさ。……どうしても、美織《みおり》と一緒《いっしょ》にいたくて。無理《むり》言《い》って地元《じもと》に帰《かえ》ってきちゃった」

てへっ。と、わざとらしく舌《した》を見《み》せてウインクする俊《しゅん》。

いやいや、てへっ、じゃないよ!?

「れっ、れんれんに私《わたし》のことを話《はな》したの!?」

「そうだよ。どうしても、好《す》きな子《こ》がいるからって」

「ちょっ……それって、私《わたし》、れんれんに認知《にんち》されてるってこと……？」

「認知《にんち》？　あぁ、まぁ存在《そんざい》は知《し》ってると思《おも》うけど」

「きゃあ――っ！」

突然《とつぜん》甲高《かんだか》い声《こえ》を上《あ》げた私《わたし》に、びくっとする俊《しゅん》。

嘘《うそ》……っ、め、めっちゃくちゃ嬉《うれ》しい～～!!

あのれんれんに、存在《そんざい》を知《し》られているだなんて……っ!!

本当《ほんとう》に、夢《ゆめ》のようだ。

テレビの向《む》こう、雲《くも》の上《うえ》の遥《はる》か彼方《かなた》の存在《そんざい》に、一気《いっき》に手《て》が届《とど》いたような気《き》がした。

「ねぇねぇ、それって私《わたし》のことはどこまで話《はな》した──」

俊《しゅん》の顔《かお》を見《み》て、思《おも》わず言葉《ことば》を切《き》る。

冷《つめ》たい表情《ひょうじょう》で、こちらを射貫《いぬ》くように見《み》る瞳《ひとみ》は、どこか嫉妬《しっと》を含《ふく》んでいるようだった。

「……美織《みおり》は、やっぱり蓮司《れんじ》さん命《いのち》って感《かん》じなんだね」

「えっ、いやあの……」

焦《あせ》る私《わたし》を見《み》て、はぁ──っと思《おも》いきり大《おお》きなため息《いき》をつく俊《しゅん》。

天《てん》を仰《あお》ぎ、「……敵《てき》が強《つよ》すぎるって。マジで」とかボソボソと呟《つぶや》いている。

「いや、俊《しゅん》？　れんれんはその、ただのファンというか……」

「もういいよ……慰《なぐさ》めないで？　余計《よけい》辛《つら》くなるから」

あっ……。

傷口《きずぐち》に塩《しお》を塗《ぬ》っていたようで、私《わたし》は黙《だま》ることにした。

そんな……トップアイドルのれんれんとまで張《は》り合《あ》おうとしているなんて……。

ぷふっ。

思《おも》わず、声《こえ》がもれてしまう。

「……なに笑《わら》ってるの？」

「ご、ごめん……ふふっ。だって……」

そこまで想《おも》ってくれているなんて、そんなの、嬉《うれ》しすぎるよ。

「なに？」

「いや、なんでもないっ」

「ダーメ。可愛《かわい》い顔《かお》しても逃《にが》さないから」

「し、してないっ！」

肩《かた》に腕《うで》をまわされながら、もう片方《かたほう》の手《て》でむにいっと頬《ほ》っぺを挟《はさ》まれる。

いたい、いたいっ。

——そのとき。視線《しせん》を感《かん》じて、ふとそちらの方《ほう》を見《み》てみると、数人《すうにん》の女《おんな》の子《こ》たちがなにやら怖《こわ》い顔《かお》をしてこちらを見《み》ていた。ヒソヒソ、と話《はな》しこんでいる。

……まずい。

きりきりとお腹《なか》が痛《いた》くなる。

もう何度《なんど》も見《み》てきた。あの雰囲気《ふんいき》は、ぜったい……悪口言《わるぐちい》われてる。

「もうっ、離《はな》してってば」

俊《しゅん》の顔《かお》をぐいっと押《お》しのけたけど、俊《しゅん》の腕《うで》の力《ちから》が強《つよ》すぎて、全然離《ぜんぜんはな》れなかった。

「やーだ、離《はな》したくない」

「みんなに見《み》られてるよ？」

俊《しゅん》はいつの間《ま》にかメガネを外《はず》していて、綺麗《きれい》な目元《めもと》が思《おも》いきり出《で》ている。

「……関係《かんけい》ない。美織《みおり》は僕《ぼく》のものだって、知《し》らしめてやる」

れんれんのことで火《ひ》がついたのか、ムッと唇《くちびる》を尖《とが》らせている俊《しゅん》。

「いや、えっと……そうじゃなくって……」

私《わたし》が女《おんな》の子《こ》たちに睨《にら》まれているんだってば……！

そう言《い》おうと思《おも》ったけど、さっきから俊《しゅん》の気持《きも》ちを下《さ》げてしまっているばかりな気《き》がして、あえて黙《だま》っておくことにした。

と、そこで。私《わたし》はふと疑問《ぎもん》に思《おも》ったことをたずねる。

「そういえば、アイドルって恋愛禁止《れんあいきんし》じゃないの？」

こんなに、私《わたし》の王子様《おうじさま》だとか言《い》っていていいのだろうか……。

「……別《べつ》に……」

俊《しゅん》は、無言《むごん》で遠《とお》くを見《み》つめはじめた。

感情《かんじょう》のない、つまらなさそうな目《め》だった。

「蓮司《れんじ》さんは、そんなこと言《い》ってないけど……まぁ、恋愛《れんあい》してたらファンはつかないだろうね」

「じゃあ、こんなとこ見《み》られたら大変《たいへん》じゃん!!」

「なんで？　美織《みおり》は、僕《ぼく》と恋愛《れんあい》してるの？」

にやりとして言《い》ってきた俊《しゅん》に、私《わたし》は言葉《ことば》をつまらせてしまう。……もう、すぐそういうこと言《い》うんだから……っ。

「……大丈夫《だいじょうぶ》。学校《がっこう》のなかでくらい、自由《じゆう》にさせてよ」

あまりにも寂《さび》しげに、俊《しゅん》が足元《あしもと》に視線《しせん》を落《お》とすから。

私《わたし》は、仕方《しかた》なく二人《ふたり》でずっとくっついて（というか……くっつかれて）、教室《きょうしつ》まで向《む》かったのだった。

この構図《こうず》は、昔《むかし》から変《か》わらないんだなぁ……。

校舎《こうしゃ》に近《ちか》づくにつれ、だんだんと人《ひと》が多《おお》くなってくる。

階段《かいだん》を上《のぼ》り、教室《きょうしつ》の扉《とびら》に手《て》をかけたけど……ぴた、と止《と》まってしまった。

「どうしたの？　美織《みおり》」

「……」

頭《あたま》のなかにチラつくのは、さっきの女《おんな》の子《こ》たちの顔《かお》。

それから、小学生《しょうがくせい》のときの、苦《にが》い思《おも》い出《で》。

……また、一人《ひとり》ぼっちになったりしないかな……。胸《むね》の奥《おく》に、ひゅっと冷《つめ》たい風《かぜ》が吹《ふ》いた気《き》がした。

私《わたし》は、曲《ま》がったことが大嫌《だいきら》いで、許《ゆる》せなくて……。だから、守《まも》るべき俊《しゅん》と小三《しょうさん》のときに離《はな》れてからも、ずっと泣《な》いている子《こ》たちの味方《みかた》になり続《つづ》けていたんだ。

間違《まちが》っていることは間違《まちが》っている。そう、言《い》い張《は》ってきた。

でも、気《き》づいたら、誰《だれ》かの反感《はんかん》を買《か》っていたようで。

周《まわ》りに誰《だれ》もいなくなっていたんだよね。

いつでも正《ただ》しさを主張《しゅちょう》するのは、時《とき》にうっとうしいみたい。

そんな折《おり》に凪咲《なぎさ》が転校《てんこう》してきて、私《わたし》とみんなとの仲《なか》を取《と》り持《も》ってくれたんだ。

反省《はんせい》した私《わたし》は、ちょっとは空気《くうき》を読《よ》むようになったし、自分《じぶん》の気持《きも》ちを抑《おさ》えることも覚《おぼ》えた。

けど……そんな自分《じぶん》のことを、あまり好《す》きにはなれなかった。

だから、ずっとモヤモヤしたものを抱《かか》えていて……中学生《ちゅうがくせい》になったら少《すこ》し自分《じぶん》を出《だ》してみようと思《おも》ったのだけど、そうしたらまた失敗《しっぱい》しそうだなぁ、と不安《ふあん》になる。

正直《しょうじき》、どんな自分《じぶん》でいるのがいいのか……私《わたし》はまだ、わからないでいる。

「……美織《みおり》？」

心配《しんぱい》そうな声《こえ》で覗《のぞ》きこんでくる俊《しゅん》に、私《わたし》は、あははっと軽《かる》く笑《わら》った。

「なんか、友達百人《ともだちひゃくにん》できるかなーっ、て。心配《しんぱい》になってきちゃった！」

できるだけ明《あか》るく言《い》ったつもりだったけど、俊《しゅん》の心配《しんぱい》そうな顔《かお》は変《か》わらなかった。

優《やさ》しい瞳《ひとみ》で見《み》つめられながら、ポンポン、と頭《あたま》を撫《な》でられる。

「大丈夫《だいじょうぶ》だよ。なにがあっても、僕《ぼく》は美織《みおり》の味方《みかた》だから」

あたたかさに触《ふ》れて、つい、泣《な》きそうになってしまう。

今《いま》すぐ、俊《しゅん》の胸《むね》のなかに飛《と》びこみたい気持《きも》ちになった。けど……みんなに見《み》られてるから。

私《わたし》はぐっと我慢《がまん》をする。

……そっか。もう、俊《しゅん》はあの頃《ころ》とは違《ちが》うんだね。

自然《しぜん》と、頬《ほお》が上《あ》がっていった。

「そんな可愛《かわい》い顔《かお》されたら、抱《だ》きしめたくなるんだけど」

「もうっ。またそういうこと言《い》うんだから」

照《て》れたのを隠《かく》すように、私《わたし》はガラッと一気《いっき》に扉《とびら》を開《あ》け、新《あら》たな教室《きょうしつ》へと足《あし》を踏《ふ》み入《い》れた。

……よしっ。ここからが、再《さい》スタートだ。

今《いま》は、一人《ひとり》じゃないから。

俊《しゅん》と一緒《いっしょ》なら……きっと、頑張《がんば》れるよね。

「ねえねぇ、二人《ふたり》ってどういう関係《かんけい》なの？」

「さっき抱《だ》き合《あ》ってなかった？」

教室《きょうしつ》に入《はい》るや否《いな》や、質問攻《しつもんぜ》めにあう私《わたし》。

……前言撤回《ぜんげんてっかい》。

俊《しゅん》は、私《わたし》の学園生活《がくえんせいかつ》を早《はや》くもかき乱《みだ》している。

「いや、私《わたし》たちは……」

「幼《おさな》なじみなんだよ。」

「うん、そう。ただの幼《おさな》なじみだから」

あっ、ただの、とか言《い》っちゃった……。と俊《しゅん》の顔《かお》をうかがうけど、綺麗《きれい》に上《あ》がった口角《こうかく》は動《うご》かなかった。

……さすが、スーパーアイドルだ。

「えーっ、いいなぁ！　ねぇ、小《ちい》さい頃《ころ》の俊《しゅん》さまってどんな感《かん》じだったの？」

「ええっと……」

「俊《しゅん》さまと地元《じもと》が一緒《いっしょ》だったなんて超嬉《ちょううれ》しい！」

「あの……放課後《ほうかご》、なんか用事《ようじ》あったりしますか？」

喋《しゃべ》る隙《すき》も与《あた》えてくれず、わらわらと俊《しゅん》の周《まわ》りに集《あつ》まってきた女《おんな》の子《こ》たちは口々《くちぐち》に言《い》う。

みんな、目《め》がハートになっている。

戸惑《とまど》っていると、俊《しゅん》が唇《くちびる》に人差《ひとさ》し指《ゆび》を当《あ》てた。

しっ、と短《みじか》く言《い》うと、女《おんな》の子《こ》たちは口《くち》を開《あ》けたまま黙《だま》る。

「放課後《ほうかご》は、レッスンがあるから……ごめんね。それから、僕《ぼく》の大事《だいじ》な幼《おさな》なじみの美織《みおり》のことも、みんなよろしくね」

柔《やわ》らかい笑顔《えがお》を向《む》け、甘《あま》い声《こえ》で言《い》うと、

「「はいっっ」」

と女《おんな》の子《こ》たちは一斉《いっせい》に返事《へんじ》をした。

……すごい。完全《かんぜん》に教室《きょうしつ》を牛耳《ぎゅうじ》っている。

まさか、俊《しゅん》にそんなことを言《い》われる日《ひ》が来《く》るとはなぁ……。

感慨《かんがい》に浸《ひた》っていると、担任《たんにん》の先生《せんせい》が「お前《まえ》ら早《はや》く席《せき》に着《つ》けー！」と大声《おおごえ》で言《い》いながら入《はい》ってきた。どうやら、このクラスの担任《たんにん》は強面《こわもて》の生徒指導《せいとしどう》の先生《せんせい》らしい。……うん、適任《てきにん》。

そんなこんなで、騒《さわ》がしい一日《いちにち》は終《お》わって放課後《ほうかご》がやってきた。

女《おんな》の子《こ》たちは、俊《しゅん》のことを探《さが》しているみたいだった。

「あれ？　俊《しゅん》さまどこに行《い》ったんだろう？」

「さっきまで席《せき》に座《すわ》ってたのに〜」

そういえば、さっきから見《み》ないな、と私《わたし》も思《おも》っていた。

……もう帰《かえ》ったのかな？

レッスンがあるから、って言《い》ってたもんね。きっと忙《いそが》しいんだろうなぁ。

寂《さび》しさを感《かん》じている自分《じぶん》に気《き》がつき、ハッとする。

いやいや……あの調子《ちょうし》で一緒《いっしょ》に帰《かえ》ろうだなんて言《い》われていたら、もっと大変《たいへん》なことになっていただろうし。これでよかったよ、うん。

でも、連絡先《れんらくさき》くらい交換《こうかん》したかったなぁ。……まぁ、明日《あした》でもいっか。

帰《かえ》る準備《じゅんび》をしようと、私《わたし》は机《つくえ》のなかに手《て》を伸《の》ばした。

「……ん？」

すると、なにやらノートの切《き》れ端《はし》が入《はい》っていた。

綺麗《きれい》に四《よ》つ折《お》りされているのを開《あ》けると、端正《たんせい》な文字《もじ》が書《か》いてある。

『放課後《ほうかご》、南公園《みなみこうえん》に来《き》て。ＢＹ俊《しゅん》』

あぁ、頬《ほお》が勝手《かって》に緩《ゆる》んできてしまう。

必死《ひっし》に感情《かんじょう》を抑《おさ》えつつ、そうっとポケットにそのメモを忍《しの》ばせる。辺《あた》りを見回《みまわ》すと、バチッと凪咲《なぎさ》と目《め》が合《あ》った。

なにやらニヤニヤとしている。

凪咲《なぎさ》はこちらにやってくると、耳元《みみもと》に話《はな》しかけてきた。

「もしかしてぇ、俊《しゅん》くんとデートする～？」

「えっ……」

戸惑《とまど》って言葉《ことば》が出《で》てこないでいると、きゃ～！　と凪咲《なぎさ》は口元《くちもと》を隠《かく》して笑《わら》い、背中《せなか》をバシンッと叩《たた》いてくる。

「熱愛《ねつあい》じゃ～ん！」

「ちょっと！　し～っ！　そんなんじゃないから!!」

必死《ひっし》にヒソヒソ声《ごえ》で抗議《こうぎ》するも、凪咲《なぎさ》のニヤつきは止《と》まらない。……というか、なんで俊《しゅん》と会《あ》うのがわかったんだろ？　大親友《だいしんゆう》の察《さっ》し能力《のうりょく》、恐《おそ》るべし……。

「いいじゃ～ん！　実《じつ》はぁ、みおりんがいない間《あいだ》にぃ、俊《しゅん》くん並《な》みにイケメンな男子《だんし》見《み》かけたから、探《さが》しに行《い》こう～っ！　って言《い》おうと思《おも》ってたんだけど……そういうことなら、仕方《しかた》ないねぇ～。いってらっしゃ～いっ！」

私《わたし》の顔《かお》の前《まえ》で、ぶんぶんと両手《りょうて》を振《ふ》ってくる凪咲《なぎさ》。

また、否定《ひてい》しようと思《おも》ったけど……。

喜《よろこ》んでくれているのが嬉《うれ》しくて、私《わたし》は素直《すなお》に頷《うなず》いた。

放課後
南公園に来て

「うん。会《あ》いに行《い》ってくる!」

凪咲《なぎさ》に見送《みおく》られ、急《いそ》いで教室《きょうしつ》を飛《と》び出《だ》していく。

走《はし》って、走《はし》って。上《のぼ》り坂《ざか》でもスピードをゆるめない自分《じぶん》に、つい笑《わら》ってしまう。

こんなにも、俊《しゅん》に会《あ》いたくて仕方《しかた》がないとは……。

本当《ほんとう》に、予想《よそう》つかないことばっかりだ。

「あれ?　いない……」

言《い》われたとおり、南公園《みなみこうえん》に来《き》たけれど……俊《しゅん》の姿《すがた》はない。

きゃっきゃっと遊《あそ》ぶ子供《こども》たちの声《こえ》が響《ひび》いていた。

……懐《なつ》かしいなぁ。俊《しゅん》とも、よくこの公園《こうえん》で遊《あそ》んでいたっけ。

思《おも》い出《で》に浸《ひた》っていると——突然《とつぜん》、誰《だれ》かに後《うし》ろから抱《だ》きつかれる。

「うわあっ」

「いや——っ!!」

びっくりして反射的《はんしゃてき》に叫《さけ》ぶと、「しっ、僕《ぼく》だよ。俊《しゅん》」と耳馴染《みみなじ》みのある声《こえ》がすぐに聞《き》こえてきた。

「こら!　なにすんのよ!!」

怒《おこ》って振《ふ》り返《かえ》ると、俊《しゅん》が、あははっと楽《たの》しそうに笑《わら》っていた。

「小《ちい》さい頃《ころ》、よくやられてたからさ。仕返《しかえ》しっ」

「もう……って、なに？　その格好《かっこう》……」

俊《しゅん》は、黒《くろ》いパーカーを着《き》て深《ふか》いバケットハットをかぶり、サングラスをかけていた。王子様《おうじさま》感《かん》がないからか、ぱっと見《み》て俊《しゅん》だとはわかりづらい。

「変装《へんそう》だよ。そこのトイレで着替《きが》えた。制服《せいふく》の上《うえ》に着《き》たからちょっと太《ふと》って見《み》えるでしょ？」

「そう……かな？　でも、全然《ぜんぜん》オーラないし大丈夫《だいじょうぶ》そう！」

「えっ。僕《ぼく》、そんなにオーラ放《はな》ってた？」

自慢《じまん》げに言《い》ってくるから、ちょっとね、と言《い》っといた。ちょっとかぁ、と落《お》ちこむ俊《しゅん》。

……嘘《うそ》だよ。スタイル良《い》いから、シンプルな格好《かっこう》もすごく似合《にあ》うし。輪郭《りんかく》が綺麗《きれい》だから、サングラスがきまっている。まだ中学生《ちゅうがくせい》だけど、これはこれでアリ、なんて思《おも》っちゃう。オフモードでもカッコ良《よ》さが出《で》ちゃうなんて……とは、言《い》ってあげないけど。

「でも大変《たいへん》だね。そんなことしなきゃいけないなんて」

「うん。ちなみに、家《いえ》から出《で》るときもこんな格好《かっこう》をして、途中《とちゅう》で制服《せいふく》に着替《きが》えてから学校《がっこう》に行《い》ったんだ。家《いえ》がバレるとまずいからね。着替《きが》える場所《ばしょ》も、毎日変《まいにちか》えていくつもり」

「えっ!?　そうなんだ……。あの、私《わたし》にできることがあったら、なんでも言《い》ってね？」

言《い》うと、サングラスの奥《おく》の目《め》が、三日月形《みかづきがた》になる。

「じゃあ、とりあえず一緒《いっしょ》に家《いえ》まで行《い》こ」

俊《しゅん》はすかさず私《わたし》の腕《うで》に絡《から》み、またくっついてきた。

まぁ、この格好《かっこう》じゃ私以外《わたしいがい》には気《き》づかれないだろうし、安心《あんしん》か。

俊《しゅん》に促《うなが》されるまま歩《ある》いていくと、大通《おおどお》りに出《で》た。民家《みんか》は見当《みあ》たらない。

「家《いえ》って、私《わたし》の隣《となり》のとこじゃないよね？　どこ？」

「もうちょっと行《い》った先《さき》に、大《おお》きなマンションがあって、そこで一人暮《ひとりぐ》らししてるんだ。美織《みおり》の家《いえ》とも近《ちか》いよ」

「へえ～。……って、んん!?　一人暮《ひとりぐ》らし!?」

「うん。お父《とう》さんは、仕事《しごと》の都合《つごう》があるからこっちには戻《もど》ってこれないって。でも、京極《きょうごく》さんがいるなら安心《あんしん》だ、って言《い》ってた」

「ん？　えっ？　れんれんがいるから……？」

そう、と俊《しゅん》はあくびをした。

「蓮司《れんじ》さんの、第三《だいさん》の家《いえ》？　を借《か》りさせてもらってるって感《かん》じ」

「――ええぇっ!?」

「ほら、蓮司《れんじ》さんが立《た》ち上《あ》げた事務所《じむしょ》のダンススタジオも近《ちか》いし。それもあって、美織《みおり》と同《おな》じ学校《がっこう》に通《かよ》うのを許《ゆる》されたんだよね」

「……ダメ。もう、頭《あたま》が追《お》いついていかない……」

額《ひたい》をおさえる私《わたし》を見《み》て、俊《しゅん》はまた無邪気《むじゃき》に笑《わら》う。それから、調子良《ちょうしよ》さげに言《い》った。

「なんといっても」の顔《かお》ですからね、僕《ぼく》は。ちょっとしたワガママも、聞《き》いてくれるってなわけですよー」

「……蓮司《れんじ》さんに感謝《かんしゃ》しなさいよ」

「あはは、お父《とう》さんにも同《おな》じこと言《い》われた」

「えっ？　待《ま》って」

そこで私《わたし》は、重大《じゅうだい》なことに気《き》がつく。

「私《わたし》、今《いま》から、れんれんに会《あ》えるってこと……？」

聞《き》くと、俊《しゅん》は「あー……」とつまらなそうな声《こえ》を出《だ》す。

「蓮司《れんじ》さん、今日《きょう》はいないんじゃないかなぁ。基本《きほん》は都心《としん》に住《す》んでるし。一人暮《ひとりぐ》らしって言《い》ってたでしょ？　僕《ぼく》は、ちょっとした居候兼管理人《いそうろうけんかんりにん》みたいな感《かん》じ」

「はぁ……。すご……」

「あ、生活費《せいかつひ》はちゃんと給料《きゅうりょう》から天引《てんび》きされてるし、安心《あんしん》してね」

「へぇ……。給料《きゅうりょう》……」

もはやここまでくると、なにを聞《き》いても驚《おどろ》かなくなってきた。

……私《わたし》、今《いま》すごい人《ひと》の隣《となり》にいるんだなぁ。

なにもかも変《か》わっちゃったんだなぁ、俊《しゅん》は。

誇《ほこ》らしい気持《きも》ちではなく、なぜか、ちょっと寂《さび》しい気持《きも》ちになっていた。

私《わたし》、こんな当《あ》たり前《まえ》のように隣《となり》にいるけど……いいのかな？　なんて、変《へん》なことを思《おも》ってしまう。

高《たか》くそびえ立《た》つマンションの前《まえ》に着《つ》くと、俊《しゅん》がエントランスで黒《くろ》いカードキーをかざし、扉《とびら》が開《ひら》く。

なんか、セキュリティもすごくしっかりしてそうだし、ここまで変装《へんそう》しなくていいんじゃないかって言《い》ったんだけど……。俊《しゅん》いわく、「お父《とう》さんと一緒《いっしょ》に住《す》んでたときに、ファンの子《こ》に待《ま》ち伏《ぶ》せされたことがあって、すごい怖《こわ》かったんだよね。それに、どこにマスコミがいるかもわかんないし。美織《みおり》と一緒《いっしょ》にいるとこ撮《と》られたらマズいでしょ？　蓮司《れんじ》さんとメンバーには、極力迷惑《きょくりょくめいわく》をかけたくないから」とのことだった。

念《ねん》には念《ねん》を。

そうしないと、普通《ふつう》に街《まち》も歩《ある》けないなんて……。

スーパーアイドルも、世知辛《せちがら》いなぁ。

私《わたし》とは無縁《むえん》の世界《せかい》に住《す》んでいる俊《しゅん》に同情《どうじょう》しつつ、なかに入《はい》ると、さらに別世界《べっせかい》がひろがっていた。

まず、広《ひろ》さにびっくりした。エントランスホールだけで、私《わたし》の家《いえ》の全部屋《ぜんへや》が収《おさ》まっちゃうくらい……。

壁《かべ》にはなぜか水《みず》が流《なが》れているし、きらびやかな絵《え》やオシャレな椅子《いす》がいくつも並《なら》べられている。……なんか、誰《だれ》も座《すわ》っていないようだけど……必要《ひつよう》なのかな？

これが金持《かねも》ちの住《す》む家《いえ》か……。と、自分《じぶん》の境遇《きょうぐう》と違《ちが》いすぎて悲《かな》しくなってきてしまった。

エレベーターホールに行《い》くまでにもなぜか池《いけ》があって、「落《お》ちないでよ、美織《みおり》」なんて俊《しゅん》がイタズラっぽく言《い》うから、「落《お》ちません！」と少《すこ》し大《おお》きな声《こえ》で言《い》い返《かえ》していた。俊《しゅん》は、なぜか嬉《うれ》しそうに笑《わら》っていた。

そして、やたら大《おお》きくて暗《くら》いエレベーターに乗《の》り、部屋《へや》まで向《む》かう。

俊《しゅん》は、部屋《へや》の前《まえ》でまた黒《くろ》いカードキーをかざすと扉《とびら》を開《あ》け、「どうぞ。お姫様《ひめさま》」と手先《てさき》をなかに向《む》けた。

「お、お邪魔《じゃま》します……」と、私《わたし》は腰《こし》を低《ひく》くして入《はい》っていく。

なんか、私《わたし》、近《ちか》いうちに悪《わる》いことが起《お》きちゃいそう。こんなに身《み》の丈《たけ》に合《あ》わない体験《たいけん》をしちゃったら……。

「どっか適当《てきとう》に座《すわ》ってよ」

部屋《へや》の明《あ》かりをつけ、俊《しゅん》は変装用《へんそうよう》のパーカーを脱《ぬ》ぎながら言《い》う。

キョロキョロと見回《みまわ》し、私《わたし》はリビングにあるソファに腰掛《こしか》けた。

すると、部屋着姿《へやぎすがた》になった俊《しゅん》が、ぴたっと腰《こし》をくっつけて隣《となり》に座《すわ》ってくる。

「ちょっと」と言《い》うと、「なに？」と甘《あま》えたような表情《ひょうじょう》で見《み》つめてくる。

くっ……可愛《かわい》い……。

部屋《へや》で二人《ふたり》っきりになれたからか、リラックスしているようだった。こうして見《み》ると、ちゃんと小《ちい》さい頃《ころ》の俊《しゅん》の面影《おもかげ》がある。

「……近《ちか》いよ」

「うん。だって、学校《がっこう》じゃこんなにくっつけないでしょ？」

いや、くっついてたじゃん……。

というツッコミはあえて心《こころ》のなかに留《とど》め、私《わたし》はもう一度《いちど》俊《しゅん》の顔《かお》をまじまじと見《み》つめる。

いつも泣《な》き虫《むし》で、守《まも》らずにはいられなかった俊《しゅん》。

本当《ほんとう》に、血《ち》がつながっていないだけで、大切《たいせつ》な弟《おとうと》だと思《おも》っていた。

「……やっぱり、俊《しゅん》は可愛《かわい》いなぁ」

言《い》うと、俊《しゅん》は眉《まゆ》を下《さ》げ、目《め》をうるっとさせた。

「可愛《かわい》い、弟《おとうと》？」

不安《ふあん》そうな顔《かお》で、上目《うわめ》づかいをしてくる。

うーん……と、私《わたし》は唸《うな》っていた。

まだ、自分《じぶん》の気持《きも》ちがハッキリとわからないでいるんだ。

俊《しゅん》は、自分《じぶん》のことを男《おとこ》として見《み》てほしい、って言《い》うけど……。

なんだろう？　この、複雑《ふくざつ》な気持《きも》ちは。

胸《むね》の奥《おく》が、ちょっとだけ、苦《くる》しい。

「なんか、なにもかも突然《とつぜん》すぎて、混乱《こんらん》しちゃってるのかも」

言《い》うと、「そうだよね……」と俊《しゅん》は下《した》を向《む》いてしまう。

けど、すぐに顔《かお》を上《あ》げ、まっすぐな瞳《ひとみ》で見《み》つめてくる。

「僕《ぼく》は、今《いま》までも、これからも、ずっと美織《みおり》のことが好《す》きだから。それはぜったいに変《か》わらない。僕《ぼく》は、美織《みおり》さえいればいいから。……だから……。美織《みおり》の気持《きも》ちが追《お》いつかないのなら、これからもずっと、ただの幼《おさな》なじみってだけで……」

「待《ま》って」

あまりに切《せつ》なそうに言《い》う俊《しゅん》に、つい、思《おも》いつきの言葉《ことば》をはなってしまう。

「私《わたし》も、俊《しゅん》と、自分《じぶん》の気持《きも》ちにしっかりと向《む》き合《あ》いたい。もうちょっとだけ、考《かんが》えさせてくれない？」

しっかりと目《め》を見《み》て言《い》うと、俊《しゅん》は、桃色《ももいろ》に染《そ》まった頬《ほお》を上《あ》げ「うん」と満足《まんぞく》そうに頷《うなず》いてくれた。

すると、なんだかモジモジとしはじめる。

「あと、ちょっとお願《ねが》いがあるんだけど……」

「うん、なになに？」

「一緒《いっしょ》に住《す》んでくれない？」

「う……ええええええ!?」

大《おお》きな声《こえ》を出《だ》してしまう私《わたし》に、俊《しゅん》は顔《かお》をそらして思《おも》いきり吹《ふ》いた。そして、またとんでもないことをさらりと言《い》う。

「ちなみに、今日《きょう》は泊《と》まるって、美織《みおり》のお母《かあ》さんには言《い》ってあるから」

「……ええっ!?　なんっ、お母《かあ》さんはなんて言《い》ったの？」

「よろしくお願《ねが》いしまぁ～す！　って」

思《おも》わず眉間《みけん》にしわを寄《よ》せた。

……お母《かあ》さんめ。

俊《しゅん》ったら、お母《かあ》さんになに言《い》ったんだろう？

まさか、この調子《ちょうし》じゃ……美織《みおり》は僕《ぼく》がもらいますとかなんとか言《い》ったんじゃ……って、なに妄想《もうそう》してんの私《わたし》!!

ひとりでに顔《かお》が火照《ほて》ってきて困《こま》っていると、俊《しゅん》がにやりとして覗《のぞ》きこんでくる。

「やっぱり、僕《ぼく》のこと男《おとこ》として意識《いしき》してる？」

「なっ……そんなわけ――」

あぁ、もう。なんで、私《わたし》こんなツンデレみたいになっちゃうんだろう？

……俊《しゅん》のせいだ。

「じゃあ、泊《と》まれるよね？　何回《なんかい》も一緒《いっしょ》のお布団《ふとん》で寝《ね》てたもんね？」

顔《かお》を近《ちか》づけて言《い》ってくるから、思《おも》わず距離《きょり》をとる。

「べっ……別《べつ》に泊《と》まれるけど！　布団《ふとん》は別々《べつべつ》だから!!」

力強《ちからづよ》く言《い》うと、ちぇっ、と俊《しゅん》は唇《くちびる》を尖《とが》らせた。

当《あ》たり前《まえ》でしょ！　と腕《うで》を組《く》む私《わたし》の肩《かた》に、なんのためらいもなく頭《あたま》を預《あず》けてくる俊《しゅん》。

そんな俊《しゅん》の顔《かお》は、上手《うま》くセットされた髪《かみ》の毛《け》に隠《かく》れて見《み》えない。

心臓《しんぞう》がドキドキと鳴《な》る一方《いっぽう》で、さっき、自分《じぶん》の気持《きも》ちとか正直《しょうじき》に言《い》いすぎたかな……と反省《はんせい》してしまう自分《じぶん》がいた。

……もう。本当《ほんとう》に、俊《しゅん》にかき乱《みだ》されてばっかりだ。

side 俊《しゅん》

美織《みおり》は、やっぱり僕《ぼく》のことを可愛《かわい》い弟《おとうと》だとしか思《おも》っていないみたい。

僕《ぼく》はこんなにも、一途《いちず》に想《おも》い続《つづ》けているというのに……。

ため息《いき》をつきたくなるけど、美織《みおり》がすぐそばにいるから、ぐっと我慢《がまん》をする。

いま、幸《しあわ》せが逃《に》げていったら困《こま》るから……。

ソファに座《すわ》ってくっつきながら、二人《ふたり》で小《ちい》さい頃《ころ》の思《おも》い出話《でばなし》をしていた。

近所《きんじょ》の神社《じんじゃ》にある階段《かいだん》でグリコゲームをし、僕《ぼく》だけが負《ま》け続《つづ》け、美織《みおり》が先《さき》に下《お》りちゃったこと。もう一生帰《いっしょうかえ》れないよ～、と泣《な》きじゃくる僕《ぼく》を、下《した》から美織《みおり》は一生懸命《いっしょうけんめい》はげまし、なんとかジャンケンを続《つづ》けて僕《ぼく》を下《お》りさせたこと。

たかが遊《あそ》びに本気《ほんき》になりすぎていて、今《いま》となっては微笑《ほほえ》ましい。

「私《わたし》は勝《か》っても動《うご》かないから！　ずっと待《ま》ってるから！　男《おとこ》を見《み》せろ！　って叫《さけ》んでたよね」

「あはははっ、超熱血《ちょうねっけつ》！　しかも、俊《しゅん》ったら泣《な》きながらチョキとパーを交互《こうご》に出《だ》し続《つづ》けるんだもん。ほんっと笑《わら》いこらえるのに必死《ひっし》だっんだから」

「早《はや》く下《お》りたくて仕方《しかた》なかったんだよ」

「あはっ、単純《たんじゅん》で可愛《かわい》い～」

このやろう、と僕《ぼく》は美織《みおり》の頭《あたま》を拳《こぶし》でグリグリとする。

「あのとき出《だ》せなかったグーをくらえ！」

「きゃー！　グリコの逆襲《ぎゃくしゅう》こわい！」

頭《あたま》を抱《かか》え、こちらをふと見上《みあ》げた美織《みおり》の上目《うわめ》づかいが、あまりにも可愛《かわい》すぎて。僕《ぼく》は一瞬《いっしゅん》、息《いき》が止《と》まるかと思《おも》った。

あぁ、もう。

本当《ほんとう》に、美織《みおり》に惚《ほ》れすぎている。

美織《みおり》の気持《きも》ちがどうなろうが、今《いま》さら知《し》ったこっちゃない。

こっちはすでに手遅《ておく》れなんだよ。

小《ちい》さい頃《ころ》から、僕《ぼく》はずっと美織《みおり》に負《ま》け続《つづ》けている。

スーパーアイドルになったって、その事実《じじつ》は変《か》わらないんだ。

「……俊《しゅん》？」

美織《みおり》が不思議《ふしぎ》そうにこちらを見《み》つめてきて、ハッとする。

緩《ゆる》んでいた頬《ほお》は、もうなおしようがなかった。

「……美織《みおり》が可愛《かわい》すぎて、見惚《みと》れてた」

「もうっ、またそんなこと言《い》って！」

僕《ぼく》から顔《かお》をそらすけど、髪《かみ》の隙間《すきま》から見《み》える耳《みみ》は真《ま》っ赤《か》だった。

……こっちが、もうっ、て言《い》いたくなるよ。そんな反応《はんのう》するから、余計《よけい》に期待《きたい》しちゃうんだよな。

それから眠《ねむ》りについた美織《みおり》を眺《なが》め、静《しず》かにため息《いき》をつく。

僕《ぼく》のお姫様《ひめさま》は、可愛《かわい》くて、難攻不落《なんこうふらく》で。

本当《ほんとう》に、なにもかもかき乱《みだ》されてばっかりだ。

責任《せきにん》とってよ、とか言《い》いたくなっちゃうね。まぁ、とらせる気満々《きまんまん》なんだけど。

……誰《だれ》が諦《あきら》めるか。

美織《みおり》は絶対《ぜったい》に、僕《ぼく》だけのものなんだから。

と、天使《てんし》のような寝顔《ねがお》に見入《みい》りつつ、僕《ぼく》は心《こころ》に固《かた》く誓《ちか》う。

小《ちい》さい頃《ころ》に、僕《ぼく》が「けっこんしようね」って言《い》ったら笑《わら》って頷《うなず》いてくれたの、まだ忘《わす》れてないからな？

四話《よんわ》　まさかの三角関係《さんかくかんけい》⁉

そんなこんなで、私《わたし》のめちゃくちゃな学園生活《がくえんせいかつ》はスタートした。

毎日《まいにち》、通学路《つうがくろ》のどこか（公衆《こうしゅう》トイレやその辺《へん》の茂《しげ》み）で制服《せいふく》に着替《きが》えた俊《しゅん》と待《ま》ち合《あ》わせし、一緒《いっしょ》に校門《こうもん》をくぐる。

黄色《きいろ》い声《こえ》を浴《あ》びながら教室《きょうしつ》に行《い》き、俊《しゅん》と一緒《いっしょ》に質問攻《しつもんぜ》めにあったり、いつの間《ま》にか教室《きょうしつ》を抜《ぬ》け出《だ》してひとけのないところにいた俊《しゅん》に会《あ》いに行《い》き、二人《ふたり》で話《はな》したり、お弁当《べんとう》を食《た》べたり……。学校《がっこう》ではメモのやりとりをして、校外《こうがい》ではスマホで連絡《れんらく》を取《と》り合《あ》っていた。

ちなみに、同居《どうきょ》するという話《はなし》はやんわりと断《ことわ》った。けど、たまに俊《しゅん》の部屋《へや》でお泊《と》まりするということにはなった。

そうして全《まった》く想像《そうぞう》していなかった生活《せいかつ》が一週間過《いっしゅうかんす》ぎたところで、重大《じゅうだい》な事実《じじつ》に気《き》がついてしまう。

――私《わたし》、ひとりも新《あたら》しい友達《ともだち》できてなぁ――いっ‼

これは由々《ゆゆ》しき事態《じたい》だ。

凪咲《なぎさ》は、もうとっくに違《ちが》う小学校《しょうがっこう》から来《き》た子《こ》たちと仲良《なかよ》くなっている。……私《わたし》の入《はい》る隙《すき》がないくらい。

俊《しゅん》と会《あ》っているうちに、凪咲《なぎさ》がどこかに行《い》ってしまいそうで……。そんなワガママな寂《さび》しさを抱《かか》えていると、凪咲《なぎさ》は「今《いま》はぁ、俊《しゅん》くんの方《ほう》が大事《だいじ》だってぇ～！　二人《ふたり》の邪魔《じゃま》したくないし、行《い》っておいで～っ！」といつも笑顔《えがお》で言《い》ってくれる。その言葉《ことば》のまま、密会《みっかい》を続《つづ》けてきてしまったけど……。

やっぱり、凪咲《なぎさ》みたいに、みんなと仲良《なかよ》くなりたい。

そして、俊《しゅん》みたいに――みんなに認《みと》められたい。

こんな願《ねが》いごと、傲慢《ごうまん》すぎて口《くち》には出《だ》せないけど……私《わたし》だって、俊《しゅん》みたいに成長《せいちょう》したいとは思《おも》っている。

でも、違《ちが》う小学校《しょうがっこう》から来《き》た子《こ》たちは、当然《とうぜん》だけど……私自身《わたしじしん》じゃなくて、俊《しゅん》の隣《となり》にいる私《わたし》に興味《きょうみ》があるみたいだから、俊《しゅん》のことしか聞《き》かれないし。そういえば……普通《ふつう》の中学生《ちゅうがくせい》らしい会《かい》話《わ》をしていない。どこの小学校《しょうがっこう》から来《き》たの？　とか、こんな変《へん》な先生《せんせい》いたんだよ、とか。

「……はぁ。どうしたらいいんだろう……」

お昼休《ひるやす》み。旧校舎《きゅうこうしゃ》の空《あ》き教室《きょうしつ》で、つい重《おも》いため息《いき》をついてしまう。

そんな私《わたし》の隣《となり》で焼《や》きそばパンを頬張《ほおば》っていた俊《しゅん》は、「なにが？」と呑気《のんき》な顔《かお》で見《み》つめてくる。

もう、私《わたし》の気《き》も知《し》らないでっ。

まぁ、悩《なや》みつつも密会《みっかい》を続《つづ》けている私《わたし》も私《わたし》だよね……。

「新《あたら》しい友達《ともだち》が欲《ほ》しいの」

「僕《ぼく》がいるじゃん。友達関係《ともだちかんけい》は望《のぞ》んでないけど」

「……そ、そうじゃなくて、女《おんな》の子《こ》の！」

あははっ、と俊《しゅん》は無邪気《むじゃき》に笑《わら》う。

二人《ふたり》で座《すわ》っている古《ふる》い椅子《いす》が、キイ、と音《おと》を立《た》てた。

「女《おんな》の子《こ》だったらいいけど、男《おとこ》には近《ちか》づかないでよ？」

「……私《わたし》に興味《きょうみ》ある男《おとこ》の子《こ》なんか、いませんっ」

「あ、そう？　見《み》る目《め》ない奴《やつ》らばっかりでよかった」

語尾《ごび》にハートがつきそうなくらいのテンションで言《い》う俊《しゅん》。

こうやって俊《しゅん》と二人《ふたり》きりの時間《じかん》を過《す》ごしていると、もうずっとこのままでいいんじゃないかな、って思《おも》ってしまうときがある。

けど、そんな甘《あま》い時間《じかん》に浸《ひた》っていたら……きっと、私《わたし》はいつか痛《いた》い目《め》を見《み》る。

スーパーアイドルの俊《しゅん》と、どこにでもいそうな私《わたし》。

今《いま》は、こんなにも想《おも》ってくれているけど……俊《しゅん》が、このままトップアイドルへの階段《かいだん》を上《のぼ》っていったら、そのうち私《わたし》のことなんてすっかり忘《わす》れて、キラキラした超美人《ちょうびじん》な子《こ》のことが好《す》きになっているかもしれない。俊《しゅん》のことだから、引《ひ》く手《て》あまただろうし。

そのとき、私《わたし》にはいったい何《なに》が残《のこ》っているんだろう？

「……では、そんな美織《みおり》には、朗報《ろうほう》かもしれません」

「ん？」

俊《しゅん》は机《つくえ》の上《うえ》にだらっと寝《ね》そべり、寂《さび》しそうな顔《かお》でこちらを見《み》つめてくる。

「明日《あした》は学校《がっこう》休《やす》みます……」

「え？　なんかあるの？」

「まぁ、いろいろ。アイドル活動《かつどう》のことで」

「……そ、そっかぁ」

俊《しゅん》がいないと、不安《ふあん》だなぁ。……って、私《わたし》の方《ほう》がこんなことを思《おも》うなんて……。小《ち》さい頃《ころ》は、本当《ほんとう》に想像《そうぞう》もつかなかっただろうなぁ。

完全《かんぜん》に立場《たちば》が逆転《ぎゃくてん》してしまっている。

「寂《さび》しいなぁ、って思《おも》ってる？」

俊《しゅん》が頬杖《ほおづえ》をつき、上目《うわめ》づかいで聞《き》いてくる。

期待《きたい》を含《ふく》ませた目《め》が、わんこみたいで……。可愛《かわい》い、とか思《おも》ってしまった。

「うん、思《おも》ってるよ。俊《しゅん》と話《はな》すの、楽《たの》しいから」

すると、俊《しゅん》が真顔《まがお》になって急《きゅう》に背筋《せすじ》を伸《の》ばす。

……あれっ、なんか変《へん》なこと言《い》っちゃったかな。と心配《しんぱい》になったけど、すぐに俊《しゅん》は綺麗《きれい》に口《こう》角《かく》を上《あ》げる。

「僕《ぼく》、美織《みおり》のためにいっぱい頑張《がんば》ってくるね。それで、帰《かえ》ってきたら一緒《いっしょ》に寝《ね》よう」

「そっ、そこはファンの人《ひと》たちのために、でしょ！　……まぁ、お泊《と》まりは考《かんが》えとく」

「やった！　ご褒美《ほうび》があるほうが頑張《がんば》れるから、よろしくっ」

俊《しゅん》は嬉《うれ》しそうに目《め》を細《ほそ》めると、再《ふたた》び焼《や》きそばパンを頬張《ほおば》りはじめる。

今《いま》さらだけど、私《わたし》……ファンの人《ひと》たちに恨《うら》まれたりしないかなぁ？

現《げん》に、この学校《がっこう》で冷《ひ》ややかな視線《しせん》を送《おく》ってくる女《おんな》の子《こ》たちがいるわけなんだけど。

でも……間違《まちが》えたらダメだ。

私《わたし》が一人《ひとり》ぼっちになるのは、私《わたし》のせい。

俊《しゅん》のせいなんかじゃ、決《けっ》してない。

俊《しゅん》は、自分《じぶん》のしたいようにまっすぐ生《い》きているだけなんだから。それは何《なに》も、悪《わる》いことじゃない。

きりきりとお腹《なか》が痛《いた》んだけど、俊《しゅん》には気《き》づかれないよう、ずっと笑《え》みをつくっていた。

翌日《よくじつ》。

朝《あさ》、一人《ひとり》で登校《とうこう》してきた私《わたし》に、女《おんな》の子《こ》たちがわらわらと集《あつ》まってくる。

「今日《きょう》は、俊《しゅん》さまと一緒《いっしょ》じゃないの？」

「俊《しゅん》くん来《く》る？」

「……俊《しゅん》は今日《きょう》、お休《やす》みするみたい。なんか、仕事《しごと》の都合《つごう》とかで」

言《い》うと、女《おんな》の子《こ》たちの顔《かお》が一気《いっき》に曇《くも》る。

そこかしこからため息《いき》が聞《き》こえてくる。

「なぁーんだ。つまんないの」

「ていうか、前《まえ》から思《おも》ってたんだけど……花垣《はながき》さんって、俊《しゅん》さまと同居《どうきょ》してるの？」

「えっ!?　いやいや全然《ぜんぜん》！」

「じゃあ、なんでいっつも一緒《いっしょ》に登校《とうこう》してるの？」

「ええっと……」

どうしよう。なんと答《こた》えれば、正解《せいかい》なのか……。

頭《あたま》を悩《なや》ませていると、ポンッといきなり右肩《みぎかた》に手《て》を置《お》かれる。

びっくりして振《ふ》り返《かえ》る前《まえ》に、女《おんな》の子《こ》たちの黄色《きいろ》い声《こえ》が響《ひび》き渡《わた》った。

「なんだかお困《こま》りみたいだね、美織《みおり》ちゃん」

柔《やわ》らかい笑顔《えがお》を向《む》けてくるのは……私《わたし》の知《し》らない、見《み》たことのないほどのイケメンだった。

えっ？　ど、どうして私《わたし》の名前《なまえ》を……。

気《き》になったけど、あまりにも綺麗《きれい》な顔《かお》に、思《おも》わず言葉《ことば》を失《うしな》ってしまう。まつ毛《け》の長《なが》い垂《た》れ目《め》がちの大《おお》きな目《め》に、小《ちい》さくて高《たか》い鼻《はな》。至近距離《しきんきょり》で見《み》ても透明感《とうめいかん》のある肌《はだ》に、淡《あわ》い髪色《かみいろ》がよく映《は》えている。

「きゃーっ！　玲《れい》きゅん!?　玲《れい》きゅんだよねっ!?」

「玲《れい》さまが、どうしてここにっ!?」

「もうこの学校《がっこう》どうなってるの～っ!?」

俊《しゅん》を目《め》の前《まえ》にしたときと同《おな》じくらい、目《め》をハートにして騒《さわ》ぎだす女《おんな》の子《こ》たち。

その反応《はんのう》を見《み》て、ようやくピンとくる。

「えっ……玲《れい》きゅんって、あの、Top-of-King3《トップオブキングス》の？」

「そうに決《き》まってるじゃないっ!!　今《いま》をときめくTop-of-King3《トップオブキングス》の最年長《さいねんちょう》でリーダー、みんなの憧《あこが》れ王子《おうじ》こと早瀬玲《はやせれい》さまよっ!!」

さっきまで不満《ふまん》そうに唇《くちびる》を尖《とが》らせていた子《こ》が、ずいっと顔《かお》を近《ちか》づけてきて言《い》う。息《いき》がかかり、私《わたし》は思《おも》わず後退《あとずさ》ってしまった。

そうだ。早瀬玲《はやせれい》さん……確《たし》か、中三《ちゅうさん》のお兄《にい》さん。

もしかして、この間《あいだ》ちらっと凪咲《なぎさ》が言《い》ってた、〝俊《しゅん》くん並《な》みにイケメンな男子《だんし》〟って……玲《れい》さんのこと？

俊《しゅん》はわかるけど、どうして玲《れい》さんまで!?

戸惑《とまど》って言葉《ことば》が出《で》ない私《わたし》にお構《かま》いなく、玲《れい》さんは、「ははは」とこれまた柔《やわ》らかい声《こえ》で笑《わら》う。

その声《こえ》に当《あ》てられたみんなは、甘《あま》いものを食《た》べたみたいに顔《かお》がとろけ、ぽ〜っと頬《ほお》がピンク色《いろ》に染《そ》まった。玲《れい》さんの笑顔《えがお》には、なにか魔力《まりょく》が宿《やど》っているようだ。

「こんなにリングの子《こ》たちであふれていて、本当《ほんとう》に嬉《うれ》しいな。この学校《がっこう》に来《き》てよかったよ」

玲《れい》さんが言《い》うと、「当《あ》たり前《まえ》じゃないですか〜っ!!」とまた黄色《きいろ》い声《こえ》が飛《と》び交《か》った。

リングとは、確《たし》かTop-of-King3《トップオブキングス》のファンネームだ。

「あ、あのっ」

騒《さわ》がしいなか、私《わたし》はなんとか玲《れい》さんに声《こえ》が届《とど》くよう、顔《かお》を近《ちか》づけて話《はな》す。

「どうして、ここに……？　私《わたし》を知《し》っているってことは、もしかして、俊《しゅん》からなにか聞《き》きました？」

言《い》うと、「うん、そうだね」と玲《れい》さんはあやしく目《め》を細《ほそ》めた。

そっと私《わたし》の耳元《みみもと》に唇《くちびる》を寄《よ》せると、ゆっくりと囁《ささや》く。

「美織《みおり》ちゃんのこと、僕《ぼく》はよーく知《し》ってるよ」

思《おも》わず離《はな》れ、まじまじと目《め》を見《み》つめてしまう。

優《やさ》しく微笑《ほほえ》んでいる玲《れい》さん。だけど、なにを考《かんが》えているのかよくわからない……。

また固《かた》まってしまう私《わたし》に、玲《れい》さんはなんだか楽《たの》しそうに話《はな》しだす。

「俊《しゅん》がさ、普通《ふつう》の中学《ちゅうがく》に通《かよ》うっていうから、心配《しんぱい》になっちゃって。蓮司《れんじ》さんとよく話《はな》し合《あ》って、僕《ぼく》たちもついていくことにしたんだよね。この学校《がっこう》、新《あたら》しい事務所《じむしょ》と近《ちか》くて、意外《いがい》に立地《りっち》いいし」

「……えっ。僕《ぼく》、たち？」

「うん。ほら、あそこの怖《こわ》ーい顔《かお》してる男《おとこ》の子《こ》、見《み》える？」

玲《れい》さんが指《ゆび》さす先《さき》には、女《おんな》の子《こ》たちの後《うし》ろで佇《たたず》んでいる、黒髪《くろかみ》のメガネ男子《だんし》がいた。

私《わたし》たちが見《み》つめていると、バッと勢《いきお》いよくメガネとウィッグを取《と》る。

ウ、ウィッグ……？

綺麗《きれい》に赤《あか》みがかった髪色《かみいろ》に、ギラギラとした目《め》つき。はっきりと整《ととの》った顔立《かおだ》ちに、またも言葉《ことば》を失《うしな》ってしまう。

だって、この人《ひと》も……。

「おい、玲《れい》。俺様《おれさま》より目立《めだ》ってんじゃねーよ」

瞬間《しゅんかん》。こちらに夢中《むちゅう》になっていた女《おんな》の子《こ》たちはすぐに振《ふ》り向《む》き、ぎゃあああ、と腰《こし》を抜《ぬ》かしそうな勢《いきお》いでわきたった。

「嘘《うそ》ーっ！　瑛斗《えいと》までいるのぉーっ⁉」

「Top《トップ》-of《オブ》-King《キングス》3のエース！　俺様系男子代表《おれさまけいだんしだいひょう》！　ぶっきらぼうに見《み》えて、実《じつ》は一番《いちばん》グループ愛《あい》の強《つよ》い椿瑛斗《つばきえいと》さまっ！」

女《おんな》の子《こ》の丁寧《ていねい》な説明《せつめい》を聞《き》いた瑛斗《えいと》さんは、チッと強《つよ》く舌打《したう》ちをする。綺麗《きれい》な顔《かお》だから、眉《まゆ》をひそめただけで迫力《はくりょく》があるけど……リングのみんなは慣《な》れているのか、「キャ～ッ！　ありがとうございますっ!!」と余計《よけい》に歓喜《かんき》している。

その様子《ようす》を見《み》て、ははは、と優《やさ》しい声《こえ》をもらす玲《れい》さん。

「もう、瑛斗《えいと》は我慢《がまん》しなきゃ駄目《だめ》でしょ？　これで、僕《ぼく》ら三人《さんにん》とも通《かよ》っていることがバレちゃったじゃん」

「どの口《くち》が……っ」

「違《ちが》う、違《ちが》う。僕《ぼく》は、困《こま》っている女《おんな》の子《こ》がいたから、助《たす》けようと思《おも》っただけだよ」

ね？　と、私《わたし》にアイドルスマイルを向《む》けてくる玲《れい》さん。

た、確《たし》かに困《こま》ってはいたけど……その、もっと困《こま》るようなことが出《で》てきそうな予感《よかん》が……。

女《おんな》の子《こ》たちを前《まえ》に、つい苦笑《にがわら》いを浮《う》かべていると、瑛斗《えいと》さんが無言《むごん》でこちらにやってくる。

ズンズンと歩《ある》く瑛斗《えいと》さんに、女《おんな》の子《こ》たちは自然《しぜん》と道《みち》を空《あ》けていた。

玲《れい》さんの隣《となり》に立《た》った瑛斗《えいと》さんは、じっとこちらを見下《みお》ろしてくる。

「……へぇ。あんたが、例《れい》の美織《みおり》ね」

「えっ？」

例《れい》の……って、俊《しゅん》のってことだよね？

いや、俊《しゅん》のってなによ!!　と勝手《かって》に内心《ないしん》照《て》れて熱《あつ》くなってしまっていると、瑛斗《えいと》さんが、ぐっと屈《かが》んで顔《かお》を近《ちか》づけてくる。

大《おお》きくて力強《ちからづよ》い瞳《ひとみ》に睨《にら》みつけられた。

「思《おも》ったよりカワイイな。まぁ、俊《しゅん》があそこまで溺愛《できあい》する理由《りゆう》はわかんねーけど……これからよろしくな？」

抑《おさ》えた声《こえ》でそう言《い》うと、瑛斗《えいと》さんは「行《い》くぞ、玲《れい》」と颯爽《さっそう》と立《た》ち去《さ》ってしまう。はいはい、とゆるい返事《へんじ》をしてついてくる玲《れい》さん。

な、なんか、可愛《かわい》いとか言《い》われたような……気《き》のせいかな？

凄《すご》みがきいていたからか、喧嘩《けんか》を売《う》られたような気分《きぶん》になってしまった。

よ、よろしくって、どういうこと……？

ぼーっ、と突《つ》っ立《た》ってしまっていると、凪咲《なぎさ》がやってきて「みおりんっ!?　大丈夫《だいじょうぶ》～!?」と強《つよ》く手《て》を引《ひ》き、その場《ば》から連《つ》れ出《だ》してくれた。

それから、さっきの一連《いちれん》の出来事《できごと》を含《ふく》め、俊《しゅん》とのことも凪咲《なぎさ》に相談《そうだん》した。

久《ひさ》しぶりに二人《ふたり》でたくさん話《はな》せて、心《こころ》から和《なご》んだのだった。

でも、次《つぎ》の休《やす》み時間《じかん》。

教室《きょうしつ》の前《まえ》でキョロキョロと周《まわ》りをうかがい、縮《ちぢ》こまっている自分《じぶん》がいた。

授業終《じゅぎょうお》わりにトイレに行《い》って、帰《かえ》ってきたところなんだけど……凪咲《なぎさ》と話《はな》そうと思《おも》ったら、
違《ちが》う小学校《しょうがっこう》の子《こ》たちとすごく盛《も》り上《あ》がっているんだよね。私《わたし》が入《はい》る余地《よち》なんて、ないくらいに。

入学《にゅうがく》して一週間《いっしゅうかん》もすれば、すでに仲良《なかよ》しグループが出来上《できあ》がっているみたいで。

まぁ、他《ほか》に話《はな》しかけにいくとしたら、あそこかな……？　と、ちらりと教室《きょうしつ》の後方《こうほう》を見《み》る。

小学校《しょうがっこう》が同《おな》じだった子《こ》が多《おお》いグループだ。

……でも、どうしよう。あのなかにも、俊《しゅん》の熱狂的《ねっきょうてき》なファンがいて、実《じつ》は陰《かげ》でなにか言《い》われてたりしたら……。

冷《つめ》たい目《め》で見《み》られたら、怖《こわ》いなぁ。

……って、ダメだダメだ。こんな被害妄想《ひがいもうそう》。

私《わたし》ってば、いつからこんなに弱々《よわよわ》しくなっちゃったんだろう？

なかなか勇気《ゆうき》が出《だ》せず、結局自席《けっきょくじせき》について意味《いみ》もなく筆箱《ふでばこ》を漁《あさ》っていた。

そのとき――

「ん？　……なにこれ」

消《け》しゴムのカバーがなくなっていて、真《ま》ん中《なか》に薄《うす》く〝ぶす〟と書《か》いてあるのに気《き》がついてしまった。

心臓《しんぞう》が止《と》まりそうなくらい、びっくりする。

……えっ。嘘《うそ》……見間違《みまちが》い、だよね……？

冷《ひ》や汗《あせ》をかきつつも、私《わたし》はそっとトイレのゴミ箱《ばこ》に、それを捨《す》てに行《い》った。


結局《けっきょく》、その次《つぎ》の休《やす》み時間《じかん》も、私《わたし》は教室以外《きょうしついがい》で一人《ひとり》で時間《じかん》をつぶしていた。なんだか、誰《だれ》にも話《はな》しかける気分《きぶん》になれなかったんだよね。

お昼《ひる》のチャイムが鳴《な》ると、私《わたし》はお弁当《べんとう》を持《も》ってすぐに立《た》ち上《あ》がる。

とにかく一人《ひとり》になりたい気分《きぶん》だった。

行《い》くあてもなく、ひとけのない旧校舎《きゅうこうしゃ》の廊下《ろうか》をさまよい歩《ある》く。

そうだ。突《つ》き当《あ》たりの階段下《かいだんした》にでも座《すわ》ろうかな。多分《たぶん》、そこなら食《た》べてても誰《だれ》にも見《み》つからないだろうし……。

とぼとぼと静《しず》かな廊下《ろうか》を歩《ある》き、空《あ》き教室《きょうしつ》の前《まえ》を通《とお》りすぎようとすると――ガラッ！　といきなり窓《まど》が開《あ》いた。

「ひゃあっ!?」

ビックリして、開《あ》いた空《あ》き教室《きょうしつ》の窓《まど》を見《み》ると、そこには――

「あっ、美織《みおり》ちゃんかぁ。ごめん、瑛斗《えいと》かと思《おも》ったよ」

優《やさ》しく微笑《ほほえ》む、玲《れい》さんがいた。

どうしてそんなとこに……なんて、聞《き》かなくてもわかった。

そういえば、この教室《きょうしつ》は普段使《ふだんつか》われていなくて閉《し》まっているけど、先週《せんしゅう》、俊《しゅん》に呼《よ》び出《だ》されて来《き》たことがあった。蓮司《れんじ》さんが、鍵《かぎ》を渡《わた》しているんだとか。

Top《トップ》-of《オブ》-King《キングス》3のみんなは、いつもこの辺《あた》りで身《み》を潜《ひそ》めているのかぁ……と、邪魔《じゃま》しちゃ悪《わる》いと思《おも》い、頭《あたま》を下《さ》げて立《た》ち去《さ》ろうとした。

けど、向《む》かおうとしていた階段《かいだん》の方《ほう》から、瑛斗《えいと》さんがやってくる。

「え。なんでいんの?」

思《おも》いっきり眉間《みけん》にしわを寄《よ》せ、こちらを睨《にら》んでくる瑛斗《えいと》さん。

ちょっと、と玲《れい》さんは窘《たしな》めるように言《い》う。

「瑛斗《えいと》、美織《みおり》ちゃんに向《む》かって怖《こわ》い顔《かお》しないでよ」

「玲《れい》が呼《よ》んだのか?」

「違《ちが》う、違《ちが》う。いま、たまたま出会《であ》ったんだよ。ね?」

「たまたまァ？」

訝《いぶか》しげな顔《かお》で、こちらに目《め》をやる瑛斗《えいと》さん。

うっ……なんか、変《へん》な誤解《ごかい》されちゃいそう……。

「その、ちょっと、教室《きょうしつ》に居辛《いづら》くて。一人《ひとり》になりたかったといいますか……」

俯《うつむ》きながら言《い》ってしまうと、しーん、とした空気《くうき》が流《なが》れる。

あっ……!?　急《きゅう》に、こんなこと言《い》われても困《こま》るよねっ！　やっぱり、ここは大人《おとな》しく立《た》ち去《さ》ろう……と作《つく》り笑《わら》いを浮《う》かべ、顔《かお》を上《あ》げる。

すると、安心《あんしん》させるように笑《わら》う玲《れい》さんと、目《め》が合《あ》った。

「じゃあ、ここ入《はい》れば？」

「えっ……でも……」

「一人《ひとり》は寂《さび》しいでしょ？　ねっ、瑛斗《えいと》」

玲《れい》さんが呼《よ》びかけると、瑛斗《えいと》は無言《むごん》で扉《とびら》を開《あ》ける。

それから、突《つ》っ立《た》っている私《わたし》を見《み》て一言《ひとこと》。

「早《はや》く来《く》れば？」

どうぞ、と玲《れい》さんは椅子《いす》を引《ひ》いてくれる。

ありがとうございますっ、と頭《あたま》を下《さ》げ、ちょこんと座《すわ》る。玲《れい》さんは、「礼儀《れいぎ》正《ただ》しいね。美織《みおり》ちゃんは」と優《やさ》しく笑《わら》った。

「ほら、見《み》て？　あそこの不良《ふりょう》」

「あァ？」

瑛斗《えいと》さんは、机《つくえ》の上《うえ》にドカッと腰掛《こしか》け、四角《しかく》いおにぎりを頬張《ほおば》っていた。

おにぎりからはみ出《だ》す色《いろ》とりどりな具《ぐ》に、つい目《め》がいってしまう。

「それ、もしかして〝おにぎらず〟ってやつですか？」

聞《き》くと、瑛斗《えいと》さんは「おう」とかじった部分《ぶぶん》をこちらに向《む》ける。

「照《て》り焼《や》きチキンとキャベツとハム……あと、卵《たまご》とか挟《はさ》んでるだけだけどな」

えっ、すごい具《ぐ》だくさん!!

瑛斗《えいと》さん……照《て》り焼《や》きチキンとか作《つく》るの!?

「……意外《いがい》ですっ！　なんか、炊飯器《すいはんき》に直《じか》に手突《てつ》っ込《こ》んでそうなイメージでした！」

ハッ！　としてすぐに口《くち》をおさえる。

普通《ふつう》に失礼《しつれい》なこと言《い》ってしまった……っ！

「いや、それもうオラオラ系《けい》とかじゃないよね」

「こう見《み》えて俺《おれ》は綺麗《きれい》好《ず》きだからな」

「そこ？」

面白《おもしろ》いね、美織《みおり》ちゃんは。とこちらを見ながらくすくす笑う玲《れい》さん。

顔《かお》を熱《あつ》くしながら、ぺこりと瑛斗《えいと》さんに頭《あたま》を下《さ》げておいた。

てかさ、と瑛斗《えいと》さんはまた私《わたし》を睨《にら》みつける。

「なんで敬語《けいご》なん？　俺《おれ》とタメじゃね」

「いや、まぁ……一応《いちおう》」

「今《いま》から、俺《おれ》に敬語《けいご》使《つか》うの禁止《きんし》な。あと呼《よ》び捨《す》てしろ」

「えっ」

突然《とつぜん》の命令《めいれい》に驚《おどろ》きつつも、「わ、わかった！」となんとか頷《うなず》いておく。

……すごくぎこちない返事《へんじ》をしてしまった。

そんな私《わたし》を見《み》て、瑛斗《えいと》はふっと柔《やわ》らかい息《いき》をもらす。

思《おも》わず、ドキッとしてしまう。

……そんな、優《やさ》しい顔《かお》もするんだ。

まぁ、そうだよね。と、一人納得《ひとりなっとく》する。空《こ》き教室《こ》でも気《き》を遣《つか》われたら嫌《いや》だよ。二人《ふたり》ともスーパーアイドルだけど、同《おな》じ中学生《ちゅうがくせい》なんだし。

そう思《おも》って見《み》ると、表情《ひょうじょう》も、空《こ》き教室《こ》では気《き》が抜《ぬ》けているように見《み》え、親近感《しんきんかん》がわいてきた。

……まぁ、とびきりイケメンなのは変《か》わらないんだけどね。

「美織《みおり》ちゃんも、大変《たいへん》だね」

「へっ？」

「俊《しゅん》の、彼女《かのじょ》になんかなっちゃったらさ」

玲《れい》さんに言《い》われ、ぶんぶんと顔《かお》の前《まえ》で手《て》を振《ふ》る。

「いやっ、か、彼女《かのじょ》ではないです！」

つい、大《おお》きな声《こえ》で言《い》ってしまった。

すると、玲《れい》さんは丸《まる》く目《め》を見開《みひら》いた。

「……そうなの？」

「はい。本当《ほんとう》に、違《ちが》います」

玲《れい》さんは上《うえ》を見《み》て、深《ふか》く考《かんが》えこむように顎《あご》に手《て》を当《あ》てると、真剣《しんけん》な顔《かお》をして見《み》つめてくる。

「俊《しゅん》の気持《きも》ちは、知《し》ってるよね？」

ズキッ。と、心《こころ》が痛《いた》んだ。

「……はい。でも、なんというか……いろいろ、自分《じぶん》の気持《きも》ちも混乱《こんらん》してよくわからなくなってしまってて。向《む》き合《あ》いたい、とだけは伝《つた》えています」

……急《きゅう》に、相談《そうだん》してしまった……。

ちらり、と玲《れい》さんの顔《かお》を見《み》ると、「そっかぁ」と何度《なんど》も深《ふか》く頷《うなず》いてくれていた。

それからしばらく間《ま》を空《あ》け、玲《れい》さんは優《やさ》しく聞《き》いてくる。

「美織《みおり》ちゃんは、俊《しゅん》のことどう思《おも》ってるの?」

「えっ……と」

すぐに言葉《ことば》にできなくて、目《め》を泳《およ》がせてしまう。

瑛斗《えいと》も、じっとこちらを見《み》つめていた。

それは、同《おな》じグループのメンバーとして、俊《しゅん》のことを心底大事《しんそこだいじ》に思《おも》っている顔《かお》だった。

すっと私《わたし》は背筋《せすじ》が伸《の》びる。

……この人《ひと》たちの前《まえ》で、適当《てきとう》なことなんて言《い》えないな。

床《ゆか》と睨《にら》めっこしながら、俊《しゅん》の顔《かお》を思《おも》い浮《う》かべる。

小《ちい》さい頃《ころ》は、とにかく泣《な》き虫《むし》で。私《わたし》がいないと、誰《だれ》かにいじめられてばっかりで……。だけど、今《いま》はキラキラとした笑顔《えがお》を振《ふ》りまき、私《わたし》の王子様《おうじさま》になりたい、とまっすぐな瞳《ひとみ》で伝《つた》えてくる俊《しゅん》。

みんなの前《まえ》ではアイドルとして完璧《かんぺき》に振《ふ》る舞《ま》い、私《わたし》の前《まえ》では素直《すなお》に好意《こうい》を前面《ぜんめん》に出《だ》してくれていて。

そのすべてが、眩《まぶ》しい――

あぁ、そうか。

ようやく、ストン、と腑《ふ》に落《お》ちた。

俊《しゅん》に抱《いだ》いていた、複雑《ふくざつ》な気持《きも》ちの理由《わけ》を。

「私《わたし》は……俊《しゅん》のことが、羨《うらや》ましくて仕方《しかた》ないです」

それは、スーパーアイドルだから、とか、そういう意味《いみ》ではなく。

「まっすぐに、自分《じぶん》の生《い》きたいように生《い》きられている……ように見《み》えて。今《いま》の自分《じぶん》が、情《なさ》けなくなっちゃう」

もちろん、変装《へんそう》しなきゃいけなかったり、不便《ふべん》はあるけれど。

自分《じぶん》の殻《から》を破《やぶ》ったら、それが受《う》け入《い》れられて。

みんなに大好《だいす》きになってもらえてて、理想《りそう》だなぁ、と思《おも》う。

私《わたし》は、自分《じぶん》が正《ただ》しいと思《おも》って生《い》きていたら、一人《ひとり》ぼっちになった過去《かこ》があるから……。

今《いま》だって、どうしたらいいのかわからないままだ。

休《やす》み時間《じかん》の出来事《できごと》がフラッシュバックする。

……消《け》しゴムにイタズラされたのだって、私《わたし》が、全部悪《ぜんぶわる》いんだ。

俊《しゅん》とばっかり、話《はな》していたから……。

もっと器用《きよう》に、他《ほか》の子《こ》たちと仲良《なかよ》くしていれば……あんなこと、されなかったはずなのに。

俊《しゅん》がくっついてくるから、とか言《い》い訳《わけ》だ。

俊《しゅん》のせいになんか、したくないよ。

鼻《はな》の奥《おく》がツンとして、涙《なみだ》が出《で》そうになる。ぎゅうっ、と拳《こぶし》を膝《ひざ》の上《うえ》で握《にぎ》りしめ、必死《ひっし》にこらえていた。

すると、ぽんぽんっ、と玲《れい》さんが、優《やさ》しく包《つつ》み込《こ》むように頭《あたま》を撫《な》でてくれた。

「ありがとう。本当《ほんとう》の気持《きも》ちを言《い》ってくれて」

あたたかい声色《こわいろ》に、一粒《ひとつぶ》、涙《なみだ》がこぼれ落《お》ちてしまう。

……私《わたし》、けっこう思《おも》い詰《つ》めてたのかな。

すぐに親指《おやゆび》で拭《ぬぐ》い、前《まえ》を向《む》いた。玲《れい》さんは、「そうだよね」と伏《ふ》し目《め》がちに頷《うなず》いている。

「俊《しゅん》は、本当《ほんとう》に愚直《ぐちょく》に生《い》きていると思《おも》う。センターになるべくしてなった人間《にんげん》だと思《おも》うよ」

そのとき。瑛斗《えいと》の顔《かお》が、少《すこ》し引《ひ》きつったように見《み》えた。

……そういえば、と思《おも》い出《だ》す。

凪咲《なぎさ》から聞《き》いた情報《じょうほう》によると、瑛斗《えいと》は、オーディション開始時《かいしじ》では一番人気《いちばんにんき》だったらしい。

歌《うた》もダンスも誰《だれ》よりもできて、蓮司《れんじ》さんにもエースだと言《い》われて敵《てき》なし状態《じょうたい》だった。

でも、オーディションを通《とお》して成長《せいちょう》していく俊《しゅん》の姿《すがた》に、どんどんファンがついていって、デビュー時《じ》には俊《しゅん》が圧倒的《あっとうてき》なセンターになっていた。

瑛斗《えいと》は、そんな俊《しゅん》をライバル視《し》するとともに、自分《じぶん》に負《ま》けないくらいの実力《じつりょく》をつけてきた俊《しゅん》を、心底《しんそこ》リスペクトしているらしい。

そんな瑛斗《えいと》を横目《よこめ》に見《み》つつ、だけどね、と話《はな》し続《つづ》ける玲《れい》さんの声《こえ》に耳《みみ》を傾《かたむ》ける。

「その裏《うら》では、きっといろんな悩《なや》みを抱《かか》えていると思《おも》うんだ。いつもどこでもまっすぐに生《い》きられる人《ひと》なんて、いないと思《おも》うから。……きっと、美織《みおり》ちゃんの前《まえ》でもカッコつけてるよね。俊《しゅん》は、僕《ぼく》らにも滅多《めった》に弱音《よわね》を吐《は》かないから、実《じつ》はすごく心配《しんぱい》しているんだ」

眉《まゆ》を下《さ》げてそうこぼす玲《れい》さんに、瑛斗《えいと》も「まぁ、俺《おれ》には特《とく》に吐《は》けねーよな」と同意《どうい》する。

そう、なんだ……。

うるうるとした瞳《ひとみ》で見上《みあ》げてくる、俊《しゅん》の顔《かお》が脳裏《のうり》によぎる。

悩《なや》んでいることがあったら、なんでも言《い》ってくれたらいいのに。

昔《むかし》は、いつでも頼《たよ》ってきてくれたじゃん……。

たまらなくなって、思《おも》わず立《た》ち上《あ》がった。

「私《わたし》にできることがあったら、全力《ぜんりょく》で俊《しゅん》をサポートします!!」

ガッツポーズをし、声高《こえたか》らかに宣言《せんげん》した。

……私《わたし》ったら、自分《じぶん》のことばっかりで。全然《ぜんぜん》、俊《しゅん》のことを考《かんが》えられていなかったな。

そうだよね。俊《しゅん》だって、アイドルとしての悩《なや》みがきっとあるはず。

俊《しゅん》に負《ま》けないくらい、私《わたし》だって俊《しゅん》のことを大事《だいじ》に思《おも》っているんだから。

なにか少《すこ》しでも、力《ちから》になりたい。

それが今《いま》――私《わたし》が、本当《ほんとう》にしたいことだ。

ひとり決意《けつい》を固《かた》めていると、ぷっ、と玲《れい》さんの吹《ふ》き出《だ》す声《こえ》が聞《き》こえる。

見《み》ると、口《くち》に手《て》を当《あ》てて笑《わら》いをこらえているようだった。頬《ほお》が、綺麗《きれい》に赤《あか》く染《そ》まっている。

「頼《たの》もしいね。じゃあ、俊《しゅん》のことは美織《みおり》ちゃんに任《まか》せようかな」

「はいっ!! 私《わたし》の、幼《おさな》なじみパワーを信《しん》じてくださいっ!」

つい勢《いきお》いで即答《そくとう》してしまうと、あははっ! と玲《れい》さんは大口《おおぐち》を開《あ》けて笑《わら》った。

あー本当《ほんとう》に面白《おもしろ》い、と涙《なみだ》を拭《ふ》いている。……なんか、玲《れい》さんのツボがわからないなぁ。

ひとしきり笑《わら》い終《お》えると、玲《れい》さんは、あたたかい瞳《ひとみ》でこちらを見《み》つめる。

なんだかよくわからなくて、私《わたし》も見《み》つめていると、玲《れい》さんは床《ゆか》に視線《しせん》を落《お》とした。それから、伏《ふ》し目《め》がちにボソッと呟《つぶや》く。

「……もう、本当《ほんとう》に可愛《かわい》いなぁ」

瑛斗《えいと》は、黙々《もくもく》とおにぎらずを頬張《ほおば》っていた。

……い、今《いま》の……聞《き》き間違《まちが》いかな？

ひとり心臓《しんぞう》をバクバクとさせながら、私《わたし》もお弁当《べんとう》をかきこんだのだった。

「あ、ありがとうございましたっ！　相談《そうだん》にのってもらっちゃって……」

授業《じゅぎょう》が始《はじ》まる五分前《ごふんまえ》。そろそろ戻《もど》らないと、と私《わたし》は空《あ》き教室《きょうしつ》を出《で》ようとする。

玲《れい》さんは、ううん、と優《やさ》しく首《くび》を横《よこ》に振《ふ》った。

「またおいでよ。美織《みおり》ちゃんなら、僕《ぼく》は大歓迎《だいかんげい》だよ」

「ほ、ほんとですか……？」

「うん。……あと、俊《しゅん》とどうなっているのかとか、気《き》になるし」

「へ？」

「なんでもないよ。またね」

あやしげな三日月目《みかづきめ》に首《くび》をかしげつつ、私《わたし》は空《あ》き教室《きょうしつ》を出《で》る。

スッキリとして、思《おも》ったより軽《かる》くなった足取《あしど》りで階段《かいだん》を上《のぼ》ろうとした。そのとき——

「おい」

低《ひく》い声《こえ》に、呼《よ》び止《と》められた。

振《ふ》り返《かえ》ると、なんだか、とても真剣《しんけん》な顔《かお》をしている瑛斗《えいと》がいる。

「どうしたの？」

聞《き》くと、瑛斗《えいと》は目《め》をそらし、ポリポリと頭《あたま》をかきはじめる。

よくわからなくて見《み》つめていると、なぜか、はぁーっと深《ふか》いため息《いき》をつき、こちらにズンズンと歩《ある》いてくる。

後退《あとずさ》りそうになるのをこらえ、目《め》の前《まえ》に迫《せま》ってくる瑛斗《えいと》の顔《かお》を見上《みあ》げる。

「明日《あした》の昼休《ひるやす》み、絶対来《ぜったいこ》いよ。わかったな？」

「え？」

「あー、ちなみに。明日《あした》は玲《れい》が休《やす》みだから、二人《ふたり》っきりになるけど。……なんか文句《もんく》ある？」

「えっ！　いやっ……、ううん！」

有無《うむ》を言《い》わさぬ圧《あつ》だった。

ふ、二人《ふたり》っきりって……もしかして、瑛斗《えいと》も俊《しゅん》のことで相談《そうだん》したいことが……？　俊《しゅん》のことを話《はな》し合《あ》おう、ってこと……？

詳《くわ》しく聞《き》きたかったけど、瑛斗《えいと》がふっと崩《くず》した表情《ひょうじょう》に釘付《くぎづ》けになってしまう。

だって、見《み》たこともないほど、柔《やわ》らかく微笑《ほほえ》むから。

「じゃーな。また明日《あした》」

瑛斗《えいと》とは思《おも》えないほど優《やさ》しい笑顔《えがお》に、戸惑《とまど》いつつも手《て》を振《ふ》った。

……今《いま》の顔《かお》、ファンの子《こ》たちが見《み》たら、きっと卒倒《そっとう》するよ。

イケメンはいいなぁ。どんな表情《ひょうじょう》でも似合《にあ》って……と、なんだか悔《くや》しい気持《きも》ちになる私《わたし》だった。

「……美織《みおり》〜？　お〜い」

むにいっと頬《ほ》っぺたをつねられ、私《わたし》はようやくハッとする。

隣《となり》には、自分《じぶん》の膝《ひざ》に頬杖《ほおづえ》をついてじっと見《み》てくる俊《しゅん》。

ソファにもたれていた姿勢《しせい》を正《ただ》すと、ギッと音《おと》が鳴《な》った。

「ご、ごめん……なんだっけ？」

「だからぁ、僕《ぼく》のオーディション中《ちゅう》の映像《えいぞう》見《み》たの？　って聞《き》いてるの」

「……あぁ、まだ見《み》てないんだよね。ごめん」

ここ最近《さいきん》いろいろありすぎて、それどころじゃなかったというか……。そうだ。俊《しゅん》は、今日《きょう》、私《わたし》があの二人《ふたり》と会《あ》ったことも知《し》らないよね……？

まぁ、わざわざ言《い》うことでもないか。実《じつ》は、瑛斗《えいと》と二人《ふたり》っきりで会《あ》うことになったんだ、とか。別《べつ》にやましいことはないけど、瑛斗《えいと》は、こっそり俊《しゅん》のことを相談《そうだん》したいのかもしれないし。

二人《ふたり》で俊《しゅん》のことを考《かんが》えるだけだから、いいよね……？

「ふーん。まぁ、見《み》なくていいけど。ダサいとこいっぱい映《うつ》ってるし」

ははっ、と軽《かる》く笑《わら》う俊《しゅん》。

それから、三拍《さんぱく》ほど置《お》き、「てかさ……」と声《こえ》のトーンを落《お》とす。

「さっきから誰《だれ》のこと考《かんが》えてんの？」

「へっ……」

エスパー⁉　と内心驚《ないしんおどろ》いていると、「わかりやすいなぁ……」と手《て》の甲《こう》で口《くち》をおさえて笑《わら》う俊《しゅん》。

「なに？　男《おとこ》？」

「いやっ、そんなわけないじゃん！」

ふーん……と言《い》いつつも、こちらにグイッと顔《かお》を近《ちか》づけ、凝視《ぎょうし》してくる俊《しゅん》。

顔《かお》をそらしたくなるのをこらえつつ、頑張《がんば》って目《め》を合《あ》わせ続《つづ》けた。

すると、ふっ、と吹《ふ》き出《だ》して柔《やわ》らかく笑《わら》う俊《しゅん》。

「そんな可愛《かわい》い顔《かお》で見《み》つめないでくれる？」

「なっ……！　バカ‼」

ぷいっと顔《かお》を背《そむ》けると、俊《しゅん》が私《わたし》の太《ふと》ももに頭《あたま》をのせてきた。

ビックリして、どくんっ、と心臓《しんぞう》が跳《は》ね上《あ》がる。

「ちょっ……」

「いいじゃん。今日《きょう》はいろいろと頑張《がんば》ったから、ご褒美《ほうび》」

満足《まんぞく》そうに頬《ほお》をゆるめる俊《しゅん》。

頭撫《あたまな》でたりしたほうがいいのかな、なんて悩《なや》んでいると、なにやら、はぁーっとため息《いき》をつくのが聞《き》こえた。

「美織《みおり》って、下《した》から見《み》ても可愛《かわい》いね」

「やめてよ。顎《あご》が……」

「どこから見《み》ても好《す》き」

思《おも》わず、また顔《かお》をそらしてしまう。

「……僕《ぼく》、重《おも》いかな？」

俊《しゅん》の温《ぬく》もりを感《かん》じながら、私《わたし》は呟《つぶや》く。

「おっきい犬《いぬ》みたいだよ」

「そうじゃないって、もー」

ぷふっ、と吹《ふ》き出《だ》してしまった。

……なんだかんだ、俊《しゅん》と一緒《いっしょ》にいるの、すっごく安心《あんしん》するなぁ。……ってことは、私《わたし》、俊《しゅん》のことが好《す》きなのかな？

一緒《いっしょ》にいて、こんなにもドキドキするようになったし……。

でも、それだけでいいの？

俊《しゅん》と再会《さいかい》してから、私《わたし》は与《あた》えてもらってばっかりで……俊《しゅん》のためにできること、なんにもしてないよ。

きっと今《いま》のままじゃ、胸張《むねは》って俊《しゅん》の隣《となり》にいられない。

「あのっ……、俊《しゅん》！」

「ん？　どした？」

甘《あま》い声《こえ》で見上《みあ》げてくる俊《しゅん》。

うっ……可愛《かわい》すぎる。

ごくっと唾《つば》を飲《の》みこむと、まっすぐに俊《しゅん》の瞳《ひとみ》を見《み》つめた。

「私《わたし》ね、俊《しゅん》の力《ちから》になりたいの」

言《い》うと、くりっとした目《め》をさらに丸《まる》くし、じいっと瞳《ひとみ》を覗《のぞ》きこんでくる俊《しゅん》。

「だから……悩《なや》んでることがあったら、なんでも言《い》ってほしい。きっと、メンバーの人《ひと》に言《い》いにくいことも、あると思《おも》うんだ」

すると、ふっと目《め》をそらし、なんだか自嘲気味《じちょうぎみ》に笑《わら》う俊《しゅん》。

「あー……。まぁ、うん」

低《ひく》い声《こえ》をもらすと、俊《しゅん》は膝枕《ひざまくら》をやめて隣《となり》に座《すわ》りなおした。しばらくしてから、またこちらに目《め》を向《む》けてくる。

なにか言《い》いたげな、少《すこ》し頼《たよ》りなさそうな目《め》だった。

はじめて、今《いま》の俊《しゅん》の弱《よわ》みに触《ふ》れられた。そんな気《き》がした。

だけど、次《つぎ》の瞬間《しゅんかん》。

ガバッ！　といきなり頭《あたま》を包《つつ》みこまれる。

俊《しゅん》の胸《むね》のなかに、強引《ごういん》に顔《かお》をおさめられた。

「ちょっ……っ！　なにするの！」

腕《うで》を掴《つか》んで抵抗《ていこう》するも、全然解放《ぜんぜんかいほう》してくれない。……本当《ほんとう》、見《み》かけによらずしっかりと筋肉《きんにく》あるよね……。

力《ちから》では敵《かな》わないと、胸《むね》のなかでもがくしかなかった。

どくんっ、どっくん。

俊《しゅん》の心臓《しんぞう》の音《おと》が、よく聞《き》こえる。

……なんで、こんな大《おお》きな音《おと》で鳴《な》ってるの？

いま、なにを思《おも》ってるの……？

「美織《みおり》はぁ、僕《ぼく》のそばにいてくれるだけで、可愛《かわい》いからいーの」

「っ、でも……」

「ありがとう、そんなに想《おも》ってくれて。でも、僕《ぼく》が美織《みおり》のこと守《まも》りたいし。こうやって、美織《みおり》がただ胸《むね》のなかにいてくれるだけで、すごい力《ちから》をもらってるんだよ？」

俊《しゅん》の腕《うで》を掴《つか》む力《ちから》が、抜《ぬ》けていく。

「……美織《みおり》？」

じゃあ、さっきの「うん」はなに……？

力《ちから》なく、ただ俊《しゅん》の胸《むね》に顔《かお》を預《あず》ける私《わたし》。

わんこみたいに、うるうるとした瞳《ひとみ》は見《み》せるクセに。

本音《ほんね》は言《い》ってくれないんだ。

昔《むかし》みたいに、なにかあったら私《わたし》の方《ほう》に飛《と》んできて、弱音吐《よわねは》いてよ。

どれだけ泣《な》き顔《がお》を見《み》てきたと思《おも》ってるの？　今《いま》さら、カッコつけちゃって……っ！

それか、もしかして……。

「私《わたし》、頼《たよ》りないのかな」

ボソッと呟《つぶや》くと、俊《しゅん》は、「違《ちが》う……っ」と私《わたし》を解放《かいほう》し、焦《あせ》った顔《かお》でこちらをうかがう。

「そんなことないから！」

間近《まぢか》で大声《おおごえ》を出《だ》され、ビクッとしてしまう。私《わたし》の肩《かた》を掴《つか》んだまま、俊《しゅん》はまた項垂《うなだ》れていく。

それから、しばらくして顔《かお》を上《あ》げると、困《こま》ったわんこの瞳《ひとみ》を向《む》けてきた。

「わかった。美織《みおり》に協力《きょうりょく》してほしいこと、毎日考《まいにちかんが》えとく」

ゆっくり頷《うなず》くと、俊《しゅん》は、身体《からだ》を預《あず》けるようにして抱《だ》きしめてきた。

ポンポン、と背中《せなか》を優《やさ》しく叩《たた》く。

そうしながらいろいろなことを考《かんが》えて、頭《あたま》が重《おも》くなってきて……私《わたし》は、そのまま眠《ねむ》りについてしまった。

目《め》を開《あ》けると、いつの間《ま》にか朝《あさ》で。いつの間《ま》にか、ベッドのなかにいた。

……あれ？　私《わたし》……。

前《まえ》にあるソファには、誰《だれ》もいない。この部屋《へや》に泊《と》まるとき、俊《しゅん》はいつもソファで寝《ね》ていた。

……ってことは……。

「っ!!」

俊《しゅん》に背中《せなか》から抱《だ》きつかれていることに気《き》がつき、完全《かんぜん》に目《め》が覚《さ》める。……ずっとこのまま寝《ね》てたってこと!?

「ちょっと俊《しゅん》！　起《お》きて!!」

「う～ん……僕《ぼく》の卵焼《たまごや》きぃ……」

「ちが――うっ!!」

布団《ふとん》のなかでモゾモゾとする俊《しゅん》の腕《うで》を、なんとか解《ほど》こうとする。けど、なかなか離《はな》してくれなかった。……くっ、ほんと力強《ちからつよ》すぎ……。

なんとか動《うご》く足《あし》をジタバタとさせ、俊《しゅん》に呼《よ》びかける。

「いい加減《かげん》に起《お》きな——きゃっ！」

私《わたし》に覆《おお》いかぶさるような体勢《たいせい》になる俊《しゅん》。

目《め》を瞑《つむ》ったまま口《くち》を開《あ》け、顔《かお》を近《ちか》づけてくる。

「あ〜〜ん……」

やばいっ！　食《た》べられる!!

そう思《おも》った私《わたし》は、ぎゅうっと目《め》を瞑《つむ》り、息《いき》を止《と》めていた。

「——ん？　あれ……美織《みおり》？」

声《こえ》がして目《め》を開《あ》けると、寝《ね》ぼけた顔《かお》をした俊《しゅん》がいた。

目《め》の前《まえ》で微笑《ほほえ》み、優《やさ》しく前髪《まえがみ》を整《ととの》えてくれる。

「おはよ」

甘《あま》い声《こえ》で囁《ささや》かれ、私《わたし》は思《おも》わず俊《しゅん》を突《つ》き飛《と》ばした。

「この卵焼《たまごや》き男《おとこ》め——っ!!!!」

反動《はんどう》で、俊《しゅん》の頭《あたま》が壁《かべ》にぶつかってしまう。

お詫《わ》びに大《おお》きめの卵焼《たまごや》きを作《つく》ると、さらりと許《ゆる》してもらえた。

時間差《じかんさ》で部屋《へや》を出《で》て、制服《せいふく》に着替《きが》えた俊《しゅん》と途中《とちゅう》で合流《ごうりゅう》し、学校《がっこう》まで行《い》く。

女《おんな》の子《こ》たちの歓声《かんせい》を浴《あ》びながら校門《こうもん》をくぐる。

そして、「俊《しゅん》さまは昨日《きのう》なんで休《やす》んだの？」などと教室《きょうしつ》で質問攻《しつもんぜ》めにあう。

……これが、日常《にちじょう》になりつつあるのが怖《こわ》いよ……。


「げっ⁉」

一時間目《いちじかんめ》の授業終《じゅぎょうお》わり。メモを忍《しの》ばせようと、俊《しゅん》の机《つくえ》のなかを確認《かくにん》すると、手紙《てがみ》やらプレゼントやらでいっぱいだった。確《たし》か、下駄箱《げたばこ》もこんな感《かん》じだったような……。

本当《ほんとう》に大変《たいへん》だなぁ、アイドルは……。

今日《きょう》のお昼休《ひるやす》みは瑛斗《えいと》と会《あ》う約束《やくそく》をしてるから、俊《しゅん》が空《あ》き教室《きょうしつ》に来《こ》ないようになんとか伝《つた》えようと思《おも》ったのだけど……。

なかなか言《い》うタイミングがなく、結局《けっきょく》そのままお昼休《ひるやす》みを迎《むか》えてしまった。

お弁当《べんとう》を持《も》って教室《きょうしつ》を見回《みまわ》すけど、俊《しゅん》の姿《すがた》はない。

「もうっ。すぐどこか行《い》っちゃうんだから……」

そこで、ハッとする。

もしや、と思《おも》って自分《じぶん》の机《つくえ》のなかを確認《かくにん》すると……綺麗《きれい》に端《はし》を合《あ》わせ、四《よ》つ折《お》りされたメモが入《はい》っていた。

開《あ》けなくてもわかる。俊《しゅん》のだ。

……さっきの休《やす》み時間《じかん》にはなかったような……マジック⁉　ちょっと席《せき》を立《た》った間《あいだ》に⁉　と驚《おどろ》きつつ、おそるおそるメモを開《ひら》く。


『一緒《いっしょ》に食《た》べよう。いつものとこで待《ま》ってる。ＢＹ俊《しゅん》』


「……えっ⁉」

やばい。このままじゃ――鉢合《はちあ》わせするっ‼

二人《ふたり》で俊《しゅん》のことを話《はな》し合《あ》いたいのに……っ！

あわてて教室《きょうしつ》を飛《と》び出《だ》し、いつもの空《あ》き教室《きょうしつ》へと向《む》かう。

でも時《とき》すでに遅《おそ》し……。

そこには、なぜか怖《こわ》い顔《かお》をして睨《にら》み合《あ》っている俊《しゅん》と瑛斗《えいと》がいた。

バチバチッと火花《ひばな》が飛《と》ぶのが見《み》えそうなくらい。

「だから、今日《きょう》は俺《おれ》が貸《か》し切《き》るっつってんだろ」

「聞《き》いてた？　今日《きょう》は譲《ゆず》れないって言《い》ってんじゃん」

「あ？　他《ほか》にも空《あ》き教室《きょうしつ》あんだろ、そこ行《い》けよ」

ひいぃ……なんで二人《ふたり》とも喧嘩腰《けんかごし》なの……。

階段下《かいだんした》の壁《かべ》からこっそり顔《かお》を出《だ》し、様子《ようす》をうかがう私《わたし》。

昨日《きのう》、俊《しゅん》の部屋《へや》でちゃんと伝《つた》えとくんだった……。でも、なんか変《へん》な勘違《かんちが》いされそうだったし……とあたふたして見守《みまも》っていると、俊《しゅん》が深《ふか》いため息《いき》をつく。

「今《いま》から美織《みおり》が来《く》るんだよ。だから、早《はや》くどっか行《い》ってくんない？」

いや、実《じつ》は先《さき》に瑛斗《えいと》と約束《やくそく》してて……なんて今《いま》から行《い》って言《い》いだせるはずもなく、そのまま様子《ようす》をうかがうのが精一杯《せいいっぱい》の私《わたし》。

ポケットに手《て》をつっこむ俊《しゅん》に、瑛斗《えいと》の顔《かお》が一気《いっき》に強《こわ》ばる。

「お前《まえ》は、ファンと美織《みおり》、どっちが大事《だいじ》なんだよ？」

鋭《するど》い視線《しせん》に、私《わたし》の心臓《しんぞう》が凍《こお》りそうだった。

……やっぱり、良《よ》く思《おも》われていないのかな、私《わたし》との関係《かんけい》……。

つい縮《ちぢ》こまってしまうけど、俊《しゅん》は反対《はんたい》に思《おも》いきり睨《にら》みをきかせていた。

「は？　なんの話《はなし》？」

「いーから答《こた》えろよ」

ものすごい圧《あつ》で詰《つ》め寄《よ》る瑛斗《えいと》に、俊《しゅん》は一歩《いっぽ》も後退《あとずさ》ることなく対峙《たいじ》していた。

そして、にやりと口角《こうかく》を上《あ》げると、言《い》いはなつ。

「どっちもに決《き》まってんじゃん」

挑戦的《ちょうせんてき》な瞳《ひとみ》で、自信満々《じしんまんまん》な声色《こわいろ》だった。

カッコイイ……っ、と思《おも》ったのは私《わたし》だけだったようで。瑛斗《えいと》は、さらに眉間《みけん》にしわを寄《よ》せる。

「だったら、かまけてんなよ」

すっと俊《しゅん》の頬《ほお》が下《さ》がる。

「僕《ぼく》のどこがかまけてるって？」

「この間《あいだ》も、蓮司《れんじ》さんに指摘《してき》されてただろ。高音《こうおん》が上達《じょうたつ》してないって。確《たし》かに蓮司《れんじ》さんの求《もと》めるレベルは高《たか》いけど、俺《おれ》は本気《ほんき》でテッペン獲《と》りにいくって誓《ちか》ってんだ。だから――」

「んなの僕《ぼく》だって同《おな》じだよ」

かぶせて言《い》うと、俊《しゅん》は余裕《よゆう》たっぷりの笑《え》みを浮《う》かべる。

「ていうかさ、現状《げんじょう》……僕《ぼく》の方《ほう》が人気《にんき》あるよね？」

俊《しゅん》……それは、ぜったい言っちゃいけないやつ。

「なにが言《い》いてぇんだよ」

「どれほどの想《おも》いで美織《みおり》に接《せっ》してるか知《し》らないくせに、口出《くちだ》しすんなって言《い》って――」

「ストーーップ!!!!」

間《あいだ》に割《わ》って入《はい》ると、二人《ふたり》とも目《め》を丸《まる》くして後退《あとずさ》った。

「美織《みおり》っ？　びっくりした……」

「……。遅《おせ》ーよ」

瑛斗《えいと》の一言《ひとこと》に、すかさず俊《しゅん》が反応《はんのう》する。

「は？　なに、遅《おそ》いって……え、貸《か》し切《き》りってもしかして」

「とりあえずッッ!!　二人《ふたり》ともなか入《はい》るッッ!!」

大《おお》きな背中《せなか》を二《ふた》つともグイグイ押《お》し、無理《むり》やり教室《きょうしつ》の扉《とびら》を閉《し》める私《わたし》。

もう、二人《ふたり》とも……全然《ぜんぜん》周《まわ》り見《み》えてないんだからっ!!

しんとした教室《きょうしつ》のなか、俊《しゅん》が低《ひく》い声《こえ》で私《わたし》に聞《き》く。

「美織《みおり》さ、今日《きょう》……もしかして瑛斗《えいと》と約束《やくそく》してた？」

「あぁっ、いや……」

俊《しゅん》からの鋭《するど》い視線《しせん》を感《かん》じ、ぎこちなくなってしまう私《わたし》。

瑛斗《えいと》に助《たす》けを求《もと》めるが如《ごと》く視線《しせん》をやるも、なぜか真顔《まがお》でこちらをじっと見《み》てくる瑛斗《えいと》。いや
いや……なんか言《い》ってよ!!

このままだと、誤解《ごかい》されちゃうよ……!?

焦《あせ》って言葉《ことば》が出《で》てこない私《わたし》に容赦《ようしゃ》なく、俊《しゅん》は詰《つ》め寄《よ》ってくる。

「あのさ、もしかして……玲《れい》とも会《あ》ってる？」

……な、なんでそんなに勘《かん》いいのっ!?

綺麗《きれい》な青《あお》い瞳《ひとみ》に見《み》つめられ、嘘《うそ》なんてつけるはずもなく、口《くち》をつぐんでしまう。

すると、俊《しゅん》は一段《いちだん》と低《ひく》いトーンで話《はな》しだす。

「なんで？　男《おとこ》には近《ちか》づかないで、って言《い》ったよね？」

ひいっ……ものすごい怒《おこ》ってるじゃん……。

すると、瑛斗《えいと》がハッと乾《かわ》いた声《こえ》をもらした。

「すげー彼氏《かれし》ヅラすんじゃん」

……いや、なんでそんな馬鹿《ばか》にしたみたいに言《い》うのよ……!!　あと、なんでそんなに目《め》が笑《わら》ってないの……!?

すぐに俊《しゅん》の顔《かお》を見《み》ると、予想以上《よそういじょう》に怖《こわ》い顔《かお》で瑛斗《えいと》のことを睨《にら》みつけていた。

気《き》づいたら、私《わたし》は俊《しゅん》の身体《からだ》をおさえつけていた。

だって、今《いま》にも殴《なぐ》りかかりそうな勢《いきお》いだったから……。こんな俊《しゅん》、はじめて見《み》た。

俊《しゅん》は、そんな私《わたし》に目《め》をやると、ぐっと両手《りょうて》で抱《かか》えるように引《ひ》き寄《よ》せる。

「うぐっ……」

またも胸《むね》のなかに顔《かお》を埋《うず》める私《わたし》。

あぁ、もう……っ!　人前《ひとまえ》でなんてこと……!

静《しず》かに腕《うで》に力《ちから》を入《い》れて抵抗《ていこう》していると、俊《しゅん》のフッと笑《え》みをこぼす息《いき》がかかる。

「なに？　瑛斗《えいと》、狙《ねら》っちゃってんの？　美織《みおり》のこと」

完全《かんぜん》に煽《あお》る言《い》い方《かた》だった。

勝《か》てるわけないだろ、とでも言《い》いたげな……。

「そんなわけないでしょっ!?　俊《しゅん》じゃないんだか――」

「――だったら、どうする？」

「へっ……」

振《ふ》り向《む》こうとするも、俊《しゅん》に強《つよ》く後頭部《こうとうぶ》をおさえられ、許《ゆる》されない。

「本気《ほんき》で言《い》ってる？」

「あの俊《しゅん》が虜《とりこ》になるくらいだから、どんな奴《やつ》かなーって普通《ふつう》に気《き》になって。まぁ、喋《しゃべ》ってみたら、けっこう興味《きょうみ》わいてきちゃってさ」

「……。で、今日《きょう》会《あ》う約束《やくそく》したんだ？」

「美織《みおり》が来《く》るって言《い》ったもんな？」

瑛斗《えいと》に聞《き》かれ、私《わたし》はついに我慢《がまん》の限界《げんかい》を迎《むか》える。

「……俊《しゅん》について二人《ふたり》で話《はな》し合《あ》うのかなって――いうか、もうっ!!」

グイッと俊《しゅん》の胸《むね》を押《お》すと、俊《しゅん》がよろけて解放《かいほう》してくれる。

おどおどした顔《かお》でこちらをうかがっていた。

「いい加減《かげん》にしてよ!!　二人《ふたり》ともっ!!」

ポカンとする二人《ふたり》に構《かま》わず、私《わたし》は腰《こし》に手《て》を当《あ》て一人《ひとり》ずつ指《ゆび》さしてやる。

「さっきからおかしいよ!!　まず、俊《しゅん》ッッ!!」

「は、はいっ」

「瑛斗《えいと》がかまけてるんじゃないかって言《い》うのも、俊《しゅん》のことを心配《しんぱい》してくれてるからでしょ!?　それなのになに!?　僕《ぼく》の方《ほう》が人気《にんき》あるって!!　何様《なにさま》のつもりなのっ!?　天狗《てんぐ》になるにはまだ早《はや》いでしょ!!」

「……も、申《もう》し訳《わけ》ございませんっ」

「次《つぎ》、瑛斗《えいと》ッッ!!」

「あ、ハイ」

「いちいち私《わたし》との関係《かんけい》を誤解《ごかい》させるようなこと言《い》わないでッッ!!　からかうのも、トップアイドルがしていいことなの!?」

思《おも》いきり睨《にら》みをきかせてやるも、瑛斗《えいと》は物怖《ものお》じひとつしなかった。

それどころか、なぜか頬《ほお》を上《あ》げる。

「……本気《ほんき》だったら、いーってこと?」

「そういうのもダメッッ!!　いい加減《かげん》にしなさいっっ!!」

一段《いちだん》と大《おお》きな声《こえ》で叱《しか》る私《わたし》に、俊《しゅん》は落《お》ち着《つ》いた声《こえ》で言《い》う。

「……美織《みおり》。こいつ、けっこう本気《ほんき》かも」

「へっ？」

瑛斗《えいと》は、揺《ゆ》るがない瞳《ひとみ》でこちらを見続《みつづ》けていた。

もう、なんなの……っ!?　わけわかんない……。

戸惑《とまど》っていると、瑛斗《えいと》は目《め》を瞑《つむ》り、それからゆっくりと口《くち》を開《ひら》いた。

「まぁ、とりあえず謝《あやま》っといてやるよ。……ごめんな」

そ、そんな切《せつ》なそうな顔《かお》しないでよ……っ!!

――と、そんなこんなで。

二人《ふたり》とも謝《あやま》ってくれたところでスッキリした私《わたし》は、近《ちか》くの椅子《いす》に腰掛《こしか》ける。

そこで。ようやくハッとし、手《て》のひらに汗《あせ》がにじんできて、ぎゅっとスカートを握《にぎ》った。

……やってしまった……。ついつい、叱《しか》ってしまった。私《わたし》の悪《わる》いくせだ……。

すると、ぷふっと俊《しゅん》が吹《ふ》き出《だ》す。

「久《ひさ》しぶりに、美織《みおり》にちゃんと怒《おこ》られちゃった」

「……ご、ごめん」

「なんで謝《あやま》んの？　美織《みおり》のそういうとこ、僕《ぼく》は好《す》きだよ」

さらっと「好《す》き」とか言《い》われ、不意《ふい》に跳《は》ね上《あ》がってしまう心臓《しんぞう》。

……やっぱり、私《わたし》、俊《しゅん》のこと……。

はぁ、と瑛斗《えいと》の重《おも》いため息《いき》が聞《き》こえる。

「今日《きょう》は帰《かえ》るわ。じゃーな、美織《みおり》」

「あっ、ちょっと」

「じゃーな、じゃねぇよ。二度《にど》と美織《みおり》の顔見《かおみ》せてやんねぇから」

ピシャッ、と明《あき》らかに感情《かんじょう》をこめて閉《し》められる扉《とびら》。

もう……また汚《きたな》い言葉《ことば》づかいを……。

ため息《いき》をつくと、俊《しゅん》が、私《わたし》の手《て》の甲《こう》に自分《じぶん》の手《て》を重《かさ》ねてくる。

「仕切《しき》りなおそっか？」

顔《かお》を見《み》ると、いつもの甘《あま》い笑顔《えがお》に戻《もど》っていた。

「……うん」

なにもツッコまず、私《わたし》は素直《すなお》に頷《うなず》いたのだった。

本当《ほんとう》に、事態《じたい》をもっと重《おも》く考《かんが》えておけばよかった、とすぐに後悔《こうかい》することになるなんて知《し》る由《よし》もなく――。

五話《ごわ》　ひとり、焦《あせ》り

side 俊《しゅん》

日曜日《にちようび》の朝十時《あさじゅうじ》。

鏡張《かがみば》りのダンススタジオで、僕《ぼく》は一人《ひとり》、汗《あせ》を流《なが》していた。

ここは、京極蓮司《きょうごくれんじ》さんが立《た》ち上《あ》げたアイドル事務所《じむしょ》が持《も》つスタジオの一《ひと》つ。僕《ぼく》がいま住《す》んでいるところから近《ちか》くて、放課後《ほうかご》も通《かよ》いやすいから助《たす》かっている。

平日《へいじつ》も休日《きゅうじつ》も、できるだけ毎日《まいにち》、ここで歌《うた》やダンスのレッスンを受《う》けている。今日《きょう》は、自主《じしゅ》練《れん》の日《ひ》だった。

蓮司《れんじ》さんがプロデュースし、僕《ぼく》も所属《しょぞく》しているグループ〝Top《トップ》-of《オブ》-King3《キングス》〟は、ルックスはもちろん、歌《うた》やダンスパフォーマンスにもしっかり力《ちから》を入《い》れ、どこを切《き》り取《と》っても魅《み》せられるアイドルグループを目指《めざ》して活動《かつどう》している。

オーディションの合宿中《がっしゅくちゅう》も、デビューした今《いま》だって、蓮司《れんじ》さんや僕《ぼく》らの〝トップを獲《と》りにいく〟という姿勢《しせい》は変《か》わっていない。

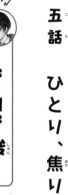

スタジオに流《なが》れていた音楽《おんがく》が鳴《な》りやみ、僕《ぼく》が最後《さいご》にポーズを決《き》めると、どこからか拍手《はくしゅ》の音《おと》が響《ひび》いてくる。

入《い》り口《ぐち》のドアに目《め》をやると、蓮司《れんじ》さんが笑顔《えがお》で腕組《うでぐ》みをしていた。

「また上手《うま》くなってんじゃん、俊《しゅん》」

シルクのような金髪《きんぱつ》に、スタイリッシュなスーツとサングラスが今日《きょう》もよく似合《にあ》っている。

……相変《あいか》わらず、オーラがすごい。

「いつから見《み》てたんすか……」

蓮司《れんじ》さんは笑顔《えがお》のままこちらにやってきて、静《しず》かにサングラスを外《はず》すと、音楽《おんがく》をかけていきなり踊《おど》りだす。いつもこうして、ダンスレッスンが始《はじ》まるのだ。

……やっぱり、僕《ぼく》とはキレや関節《かんせつ》の動《うご》かし方《かた》が全然違《ぜんぜんちが》う。まだまだだな、悔《くや》しい。そう思《おも》いながら、僕《ぼく》は必死《ひっし》に身体《からだ》を動《うご》かしていた。

蓮司《れんじ》さんと会《あ》う度《たび》にいつも脳内《のうない》にチラつくのは、美織《みおり》のことだ。

僕《ぼく》は……このトップアイドルをも超《こ》え、美織《みおり》のナンバーワンになってみせる。

そんな僕《ぼく》の心《こころ》を見透《みす》かしたように、一通《ひととお》り踊《おど》り終《お》えると、蓮司《れんじ》さんはこんなことを聞《き》いてきた。

「最近《さいきん》どうなの？　美織《みおり》ちゃんとは」

「どうって……別《べつ》に進展《しんてん》ないですよ」

すると、蓮司《れんじ》さんはイタズラっぽく笑《わら》う。

「マジ？　俺《おれ》の部屋《へや》に連《つ》れこんでるのに？」

「……言《い》い方悪《かたわる》いすよ、ほんと。蓮司《れんじ》さんがいいって言《い》ったんじゃないすか」

タオルでガシガシと顔《かお》を拭《ふ》きつつ、僕《ぼく》はぼやいた。

「なんなんすかね、ほんと。僕《ぼく》、けっこうアピールしてるんですけど」

蓮司《れんじ》さんは、くくく、と声《こえ》を出《だ》してさらに目《め》を細《ほそ》める。

「まぁ、そうやって恋《こい》に悩《なや》んでるほうがいいわ。次《つぎ》の曲《きょく》に合《あ》ってるから、歌声《うたごえ》に味《あじ》が出《で》る」

この人《ひと》の頭《あたま》のなかは、結局音楽《けっきょくおんがく》のことばっかりだ。

「……僕《ぼく》は、両想《りょうおも》いになってみせますよ」

呟《つぶや》くと、蓮司《れんじ》さんはしばらく間《ま》を空《あ》け、低《ひく》いトーンで話《はな》しだした。

「プライベートなことには踏《ふ》みこまない主義《しゅぎ》だから、自由《じゆう》にしたらいいけど……気《き》をつけろよ？」

「……気《き》をつけろって？　あー、高音《こうおん》の練習怠《れんしゅうおこた》るなってことすか」

「それもそうなんだけど。……あくまで、アイドルだからな。来月《らいげつ》に迫《せま》った、Top-of-King3《トップオブキングス》

の初《はつ》コンサートに水《みず》をさすようなことはするなよ？　ってこと」

「……。当《あ》たり前《まえ》じゃないすか。ちゃんと、変装《へんそう》はしてるし。みんなの前《まえ》では、そんなにガッツリはいってないすよ」

「そんなに、ねぇ」

蓮司《れんじ》さんは、サングラスをかけなおすと、ビシッと襟元《えりもと》を正《ただ》した。

「まぁ、どこぞの小《ち》っさい校内《こうない》で起《お》きたことくらいなら、もみ消《け》せるけど。変《へん》な色恋《いろこい》の噂《うわさ》流《なが》されないようにな」

割《わり》と真剣《しんけん》な表情《ひょうじょう》で言《い》われ、ハッとする。

美織《みおり》と一緒《いっしょ》に学校《がっこう》に通《かよ》えるようになって、浮《う》かれて……。瑛斗《えいと》とのこともあって、やっきになっていたところだった。

僕《ぼく》だって、グループに迷惑《めいわく》をかけ、ファンのみんなを悲《かな》しませるようなことはしたくない。

こうやって、釘《くぎ》をさしてくれるのはありがたいな。

「ありがとうございます」

頭《あたま》を下《さ》げると、蓮司《れんじ》さんは右手《みぎて》を上《あ》げ、スタジオを後《あと》にした。

……そうだ。

来月《らいげつ》のコンサートは、絶対《ぜったい》に成功《せいこう》させなきゃいけないんだ。

はぁ、と思《おも》わずため息《いき》をついてしまう。考《かんが》えることが多《おお》く、憂鬱《ゆううつ》になる。

「……僕《ぼく》は、アイドルだから……」

重《おも》く沈《しず》んだ呟《つぶや》きは、無機質《むきしつ》なフロアに吸《す》いこまれていった。


夜《よる》も深《ふか》まった頃《ころ》、ひとりボイストレーニングに取《と》りかかるも、全然上手《ぜんぜんうま》くいかない。

……自分《じぶん》でもわかっている。歌《うた》から逃《に》げるように、ダンス練習《れんしゅう》に励《はげ》んでいること。

だけどどうしても、高《たか》い声《こえ》が上手《うま》く出《だ》せない。

もちろん、その辺《へん》の中学生男子《ちゅうがくせいだんし》よりは遥《はる》かに上手《うま》い。けど、僕《ぼく》らは〝プロ〟だ。そのなかでも、トップを目指《めざ》している。……それなのに、実力《じつりょく》が追《お》いついていかない自分《じぶん》が、わかっていて改善《かいぜん》できない自分《じぶん》が、本当《ほんとう》に嫌《いや》になる。

……瑛斗《えいと》に怒《おこ》られるのも、当然《とうぜん》だよな。

僕《ぼく》はセンターだから、歌《うた》うパートも一番多《いちばんおお》い。サビの美味《おい》しいところを任《まか》されている。……そこが、超高音《ちょうこうおん》なわけだけど。

そんな奴《やつ》が学校《がっこう》で、女の子《みおり》とばかり一緒《いっしょ》にいたら、それはまぁ……不安《ふあん》になるよな。ちゃんと練習《れんしゅう》してるのか？　わかってるのか？　って。

『天狗《てんぐ》になるにはまだ早《はや》いでしょ!!』

美織《みおり》に言《い》われた言葉《ことば》を思《おも》い出《だ》す。
そんなつもりはなかった。
だけどきっと、どこかでかまけていた。
僕《ぼく》が、不動《ふどう》の人気《にんき》ナンバーワンなんだ、って。
だからこそ。実力《じつりょく》も常《つね》に一番《いちばん》でなきゃいけないのに……！
あぁ、そうだ。もっと、もっと追《お》いこまないと。
全然《ぜんぜん》、なにもかも、僕《ぼく》には足《た》りない。
ファンのみんなも……美織《みおり》の心《こころ》も、僕《ぼく》は全部《ぜんぶ》独《ひと》り占《じ》めしたい。
強欲《ごうよく》でけっこう。そんな気概《きがい》がなきゃ、アイドルなんてやってられない。
イケメンなんて、他《ほか》にたくさんいるんだから。
僕《ぼく》は、誰《だれ》よりもまっすぐ、誠実《せいじつ》にトレーニングし続《つづ》けるんだ。

その後《ご》も試行錯誤《しこうさくご》を続《つづ》け、僕《ぼく》は日付《ひづけ》が変《か》わるまでスタジオを出《で》なかった。

次《つぎ》の日《ひ》は、なんとなく一人《ひとり》で登校《とうこう》した。
美織《みおり》が隣《となり》にいないと、全然楽《ぜんぜんたの》しくない。学校《がっこう》に来《く》る意味《いみ》ない……とまでは言《い》わないようにするけど。古《ふる》い校舎《こうしゃ》が、さらに色《いろ》あせて見《み》える。

それでも、ファンサービスは欠《か》かさない。

歓声《かんせい》に完璧《かんぺき》な笑顔《えがお》で応《こた》える。

だけど、頭《あたま》のなかは美織《みおり》でいっぱいだった。

……早《はや》く美織《みおり》に会《あ》いたい。


人目《ひとめ》につかないところへ行《い》くと、僕《ぼく》は瓶底《びんぞこ》メガネをかける。最近《さいきん》はこのメガネだけでも気《き》づかれることがあるから、さらにマスクもつけておく。

さて……。お昼休《ひるやす》みに会《あ》うとして、昨日《きのう》の空《あ》き教室《きょうしつ》だとまた瑛斗《えいと》が来《き》てしまうかもしれないから、新《あたら》しい密会場所《みっかいばしょ》を探《さが》さないとな。一応《いちおう》、旧校舎《きゅうこうしゃ》の四階《よんかい》にある空《あ》き教室《きょうしつ》の鍵《かぎ》も、蓮司《れんじ》さんから預《あず》かってはいるけど……今度《こんど》は玲《れい》がいるかもしれないし。

自分《じぶん》の影《かげ》と睨《にら》めっこしながら、中庭《なかにわ》をとぼとぼと歩《ある》いていく。

……あぁ。やっぱり美織《みおり》と一緒《いっしょ》に来《く》ればよかった。

一人《ひとり》でいると、不安《ふあん》に押《お》しつぶされそうだ。

根《ね》っこの泣《な》き虫《むし》な部分《ぶぶん》は、きっと変《か》わっていないから。

無理《むり》やり顔《かお》を上《あ》げると、目《め》が痛《いた》くなるほどの青空《あおぞら》が広《ひろ》がっていた。

楽《たの》しそうな笑《わら》い声《ごえ》、ボールを蹴《け》り上《あ》げる音《おと》、陽気《ようき》なサックスの音《おと》が聞《き》こえてくる。

……もし、アイドルじゃなかったら。僕《ぼく》は、今頃《いまごろ》なにをしていたんだろう？

たくさんの女《おんな》の子《こ》にキャーキャー言《い》われている僕《ぼく》は、すごくキラキラしているように見《み》えるかもしれない。だけど……ずっと、ずっと一人《ひとり》だ。

弱虫《よわむし》な僕《ぼく》なんて、誰《だれ》も求《もと》めていない。

いつでも余裕《よゆう》たっぷりの笑顔《えがお》で、弱音《よわね》なんて吐《は》かず、ひたすらに頑張《がんば》るしか──

「俊《しゅん》っ！　みっけ！」

振《ふ》り返《かえ》ると、天使《てんし》が立《た》っていた。

「……美織《みおり》」

あぁ。大好《だいす》きな人《ひと》の笑顔《えがお》は、どうしてこんなにも眩《まぶ》しいんだろう？　なにもかもが、急《きゅう》に色《いろ》づいて見《み》えてくる。

「……。よくわかったね、僕《ぼく》だって」

「当《あ》たり前《まえ》でしょ？　幼《おさな》なじみパワー舐《な》めないでよ！　昨日《きのう》、連絡《れんらく》こなかったからすごい心配《しんぱい》してたんだ──きゃっ！」

強《つよ》く、強《つよ》く抱《だ》きしめた。

美織《みおり》の匂《にお》い……お花畑《はなばたけ》のなかにいるみたいで、ほわほわとする。

あたたかくて、ちっさくて……すべてが愛《いと》おしい。

抵抗《ていこう》されると、思《おも》ったのに。

きゅっと。美織《みおり》は、僕《ぼく》の背中《せなか》に腕《うで》をまわす。

さらに。背伸《せの》びして、僕《ぼく》の耳元《みみもと》に顔《かお》を近《ちか》づけてきた。

えっ。なにこれ……えっ？　夢《ゆめ》のなか？

ちょっ、なんか、息止《いきと》まりそう。

突然《とつぜん》のご褒美《ほうび》が、最高《さいこう》すぎるんですが……っっ!!

「あのね、俊《しゅん》。考《かんが》えたんだけど……」

「えっ……う、うん！」

へ、返事《へんじ》……!?　僕《ぼく》の想《おも》いへの……っ！　これって超脈《ちょうみゃく》アリでは……っ!?

舞《ま》い上《あ》がってしまう僕《ぼく》にお構《かま》いなく、美織《みおり》は平坦《へいたん》な声《こえ》で言《い》う。

「お昼休《ひるやす》み、一緒《いっしょ》に歌《うた》のレッスンしよ？」

結局《けっきょく》、いつもの空《あ》き教室《きょうしつ》で密会《みっかい》することになった僕《ぼく》らは、誰《だれ》もいないことを確認《かくにん》して、早《はや》めに施錠《せじょう》しておく。

……歌《うた》のレッスンかぁ。と肩《かた》を落《お》とす僕《ぼく》に、美織《みおり》は明《あか》るく声《こえ》をかけてきた。

「俊《しゅん》、高音《こうおん》を出《だ》すのが苦手《にがて》なんだよね？」

「苦手《にがて》……っていうか。まぁ、まだ伸《の》び代《しろ》あるなぁって感《かん》じ」

いや、なにカッコつけてんだ僕《ぼく》……。

オーディション時《じ》から苦手《にがて》です、って素直《すなお》に言《い》えばいいのに。

「じゃあ、ちょっと歌《うた》ってみてよ。デビュー曲《きょく》とか！」

美織《みおり》に言《い》われ、僕《ぼく》は仕方《しかた》なく喉《のど》を鳴《な》らす。

……簡単《かんたん》に言《い》うけどさぁ。

目《め》を瞑《つむ》り、深《ふか》く息《いき》を吸《す》ってからサビを歌《うた》った。

王子様《おうじさま》になりたいと月《つき》に手《て》を伸《の》ばす
あぁ、わかっていたんだ
君以外《きみいがい》なにもいらない

たったこれだけのパートでも、音程《おんてい》をとるのに必死《ひっし》で、声《こえ》が上手《うま》く伸《の》びていかない。

相変《あいか》わらず納得《なっとく》のいかない出来《でき》だったけど、美織《みおり》は目《め》をキラキラさせて大《おお》きく拍手《はくしゅ》してくれた。

「素敵《すてき》な歌詞《かし》……でも、聞《き》いたことない曲《きょく》だなぁ」

「そりゃそうでしょ。だって、未発表《みはっぴょう》の新曲《しんきょく》だから」

えっ！　と美織《みおり》は口《くち》に手《て》を当《あ》てる。

その反応《はんのう》を見《み》て、思《おも》わずふっと笑《え》みがこぼれた。

「聞《き》いちゃってよかったのかな……？　って、なんで笑《わら》ってるの？」

抑《おさ》えきれないニヤつきを隠《かく》すことなく、僕《ぼく》は美織《みおり》の目《め》を捉《とら》える。

……本当《ほんとう》は、誰《だれ》よりも先《さき》に、君《きみ》に聞《き》かせたかったんだ。

「この歌詞《かし》……僕《ぼく》が考《かんが》えたんだよね」

蓮司《れんじ》さんに、サビの高音《こうおん》パートの歌詞《かし》を書《か》いてほしいと言《い》われ、たったこれだけだけど、必死《ひっし》に考《かんが》えたんだ。

もっと回《まわ》りくどい言《い》い方《かた》や、難《むずか》しい言葉《ことば》を使《つか》ったり、ちょっと背伸《せの》びして大人《おとな》っぽい雰囲気《ふんいき》を醸《かも》し出《だ》してみたり、いろいろと試行錯誤《しこうさくご》した。

けど、最終的《さいしゅうてき》に採用《さいよう》されたのは——僕《ぼく》の、美織《みおり》へのまっすぐな想《おも》いを綴《つづ》った歌詞《かし》だった。

この歌詞《かし》は、俊《しゅん》が歌《うた》わないと意味《いみ》がない、と蓮司《れんじ》さんに言《い》われた。

裏声《うらごえ》を使《つか》っても、息苦《いきぐる》しくなってしまうほどの高音《こうおん》。

だけど、どうしても地声《じごえ》で歌《うた》いたい。

綺麗《きれい》に、果《は》てまで響《ひび》くくらいに。

「そっかぁ。それは、思《おも》い入《い》れのあるパートだね」

落《お》ち着《つ》いた声《こえ》を出《だ》しつつも、美織《みおり》は顔《かお》を真《ま》っ赤《か》にしていた。

抱《だ》きしめたくなる衝動《しょうどう》を、必死《ひっし》にこらえる。……レッスン中《ちゅう》だし。

……もう、本当《ほんとう》に。美織《みおり》以外《いがい》いらないんだよなぁ。

僕《ぼく》に見《み》つめられて美織《みおり》は顔《かお》をそらしていたけど、そのうち咳払《せきばら》いをし、まっすぐにこちらを見《み》つめてくる。

「俊《しゅん》、いい？　よーく見《み》ててね」

そう言《い》って、美織《みおり》が歌《うた》いだす。

伸《の》びやかに、一《ひと》つも苦《くる》しそうな顔《かお》をせずに。

どこまでも届《とど》きそうな、揺《ゆ》るがない高音《こうおん》で。

それは、僕《ぼく》の理想《りそう》とする歌《うた》い方《かた》だった。

「……っ、すご」

そうだ。そういえば、美織《みおり》は昔《むかし》から歌《うた》が上手《うま》かった。確《たし》か、お母《かあ》さんがピアノ教室《きょうしつ》の先生《せんせい》をやっているんだっけ。小学校《しょうがっこう》の合唱《がっしょう》コンでも、ソプラノパートを引《ひ》っ張《ば》っていた。ほぼ一人《ひとり》で歌《うた》っているんじゃないか、ってくらいに。

「ねぇ、どんな英才教育《えいさいきょういく》受《う》けてきたの？　僕《ぼく》、プロのボイトレ受《う》けてるのに」

悔《くや》しさを抑《おさ》えるのに精一杯《せいいっぱい》だ。

女性《じょせい》だから、とか関係《かんけい》ない。僕《ぼく》も……このくらい綺麗《きれい》な高音《こうおん》を出《だ》せるようになりたい。

「簡単《かんたん》だよ。力《ちから》を抜《ぬ》けばいいのっ！」

「……それ、先生《せんせい》に何回《なんかい》も言《い》われた」

一番難《いちばんむずか》しいんだよなぁ、力《ちから》を入《い》れないで高音《こうおん》を出《だ》すのって。

肩《かた》を上《あ》げないように意識《いしき》したら、なぜか声《こえ》が低《ひく》くなってしまうし。

どうしたらいいのかわからなくて、ますます苦手意識《にがていしき》が強《つよ》くなっていくばかりだ。

「俊《しゅん》が一番《いちばん》リラックスしているのは……どんなとき？」

聞《き》かれ、つい首《くび》をかしげてしまう。

僕《ぼく》が一番《いちばん》リラックスしているとき？

そんなの……言《い》わなくてもわかるでしょ。

「美織《みおり》を抱《だ》きしめてるとき」

迷《まよ》わず言《い》うと、また美織《みおり》の顔《かお》が火照《ほて》った。

頬《ほお》を膨《ふく》らませ、こちらを睨《にら》みつけるように見上《みあ》げてくる。

「……なに、その顔《かお》。また抱《だ》きしめちゃうよ？」

「……っ！　れ、レッスンのためなら……」

思《おも》わぬ返答《へんとう》に、僕《ぼく》は戸惑《とまど》ってしまう。

「え？　レッスン？　……どんな状態《じょうたい》で歌《うた》わせようとしてるの？」

「〜〜っ！　とりあえず、私《わたし》を抱《だ》きしめた――うぐっ」

すっぽりと、僕《ぼく》の胸《むね》に顔《かお》がおさまる美織《みおり》。

……そろそろ、慣《な》れてくれたらいいのに。

僕《ぼく》とは対照的《たいしょうてき》に、美織《みおり》は身体《からだ》が強《こわ》ばっている。

「せんせー、これからどうしたらいいですか？」

「ちょっと、今《いま》の状態《じょうたい》で歌《うた》ってみて」

「王子様《おうじさま》になりた〜」

「はい、もうダメっっ!!　ここに力入《ちからはい》ってる!!」

美織《みおり》が、僕《ぼく》の肩《かた》をグイグイと下《さ》げてくる。

うっ……。

……そういうことか。とにかく、力《ちから》を抜《ぬ》いて歌《うた》う練習《れんしゅう》ね。

この状態《じょうたい》でも歌《うた》ったら肩《かた》が上《あ》がるって……相当癖《そうとうくせ》ついちゃってるんだな。

「王子様《おうじさま》に〜」

「ちょっとでも入《い》れちゃダメっっ!!」
グイーッ、とまた肩《かた》を下《さ》げられる。……けっこう、力強《ちからつよ》いな。
ため息《いき》をもらしつつ、僕《ぼく》は目《め》を瞑《つむ》る。
……集中《しゅうちゅう》、しないと。
音程《おんてい》ばかりに気《き》を取《と》られるから、きっと無意識《むいしき》に力《ちから》が入《はい》ってしまうんだ。
ぎゅっ、と世界一愛《せかいいちいと》しい美織《みおり》を抱《だ》きしめる。
胸《むね》のなかの大切《たいせつ》なものに、意識《いしき》を集中《しゅうちゅう》させる。
君以外《きみいがい》、なにもいらない。
余計《よけい》なことは、考《かんが》えない。
想《おも》いだけを、口《くち》から吐《は》き出《だ》すように——。

気《き》づけば、柔《やわ》らかな高音《こうおん》が響《ひび》き渡《わた》っていた。
これ……僕《ぼく》の声《こえ》?

「そう、それっ!!」
美織《みおり》が、満面《まんめん》の笑《え》みで見上《みあ》げてくる。

「今《いま》の感覚《かんかく》を忘《わす》れずに、はいっ！　離《はな》れた状態《じょうたい》でやってみて」
美織《みおり》に押《お》しのけられ、仕方《しかた》なく解放《かいほう》する。
深呼吸《しんこきゅう》をすると、再《ふたた》び目《め》を瞑《つむ》り、さっきの感覚《かんかく》を思《おも》い出《だ》す。
そうか。だから、蓮司《れんじ》さんは言《い》ったんだ。
この歌詞《かし》は、僕《ぼく》が歌《うた》わないと意味《いみ》がない、って。
上手《うま》く歌《うた》おうとするんじゃなくて。
ただ、唯一《ゆいいつ》の想《おも》いをのせればよかったんだ。

もう一度《いちど》歌《うた》うと、自分《じぶん》でもびっくりするくらいに声《こえ》が伸《の》びていく。
心《こころ》のなかで、大《おお》きくガッツポーズをする。
再現性《さいげんせい》のある、どこまでも響《ひび》く高音《こうおん》。
僕《ぼく》が、喉《のど》から手《て》が出《で》るほど欲《ほ》しかったものだ。
「ありがとう、美織《みおり》……っ！」
思《おも》いきり抱《だ》きつくと、美織《みおり》は快《こころよ》く受《う》け入《い》れてくれた。
——愛《あい》してる。
そう言《い》おうとして、今《いま》じゃない、と踏《ふ》みとどまった。

代《か》わりに、改《あらた》めて心《こころ》のなかで誓《ちか》っておく。

なにがなんでも、この子《こ》だけは手《て》に入《い》れると。


「……いいねぇー」

蓮司《れんじ》さんは、ほうっと息《いき》を吐《は》いた。

サングラスをかけていても、顔《かお》が完全《かんぜん》にゆるんでいるのがわかる。


「やっとコツを掴《つか》んだな」

ピリついていたスタジオの空気《くうき》が、嘘《うそ》のように和《なご》んでいく。

……よかった。蓮司《れんじ》さんに、やっと心《こころ》から認《みと》めてもらえた。

胸《むね》を撫《な》で下《お》ろしつつ、僕《ぼく》はキリッとした笑顔《えがお》で言《い》ってのけた。

「まぁ、センターなんで」

「……誰《だれ》に教《おし》えてもらった？」

さらりとかわされてしまう。

ちょっとくらい、カッコつけさせてくれよ……。

「美織《みおり》、です」

正直《しょうじき》に言《い》うと、蓮司《れんじ》さんはニヤッと口角《こうかく》を上《あ》げた。

「なんかそんな気《き》がしたんだよなぁ～。すごいねぇ、美織《みおり》ちゃん。超《ちょう》やるじゃん」

「蓮司《れんじ》さん、お金払《かねはら》わないとですね」

玲《れい》が言《い》うと、蓮司《れんじ》さんは「確《たし》かに」と笑《わら》った。

「コンサートにでも招待《しょうたい》しよっか」

「えっ？　いいんすか？」

「その方《ほう》が俊《しゅん》もやる気出《きで》るでしょ」

思《おも》わず、頬《ほお》が上《あ》がりきってしまう。

最高《さいこう》すぎる……美織《みおり》に見守《みまも》られて、大舞台《おおぶたい》に立《た》てるなんて……!!

舞《ま》い上《あ》がってしまうけど、腕《うで》を組《く》んで黙《だま》っている瑛斗《えいと》が視界《しかい》に入《はい》り、口《くち》をつぐんだ。

「……」

瑛斗《えいと》は、真顔《まがお》で明後日《あさって》の方《ほう》を見《み》ていた。

イマイチ、なにを考《かんが》えているのかわからない顔《かお》だ……。

僕《ぼく》はできるだけ昂《たかぶ》った感情《かんじょう》を抑《おさ》えつつ、話《はな》しかける。

「これなら……文句《もんく》ない？」

すると、瑛斗《えいと》はこちらに目《め》をやり、柔《やわ》らかい息《いき》をもらした。

「……いい子《こ》、手《て》に入《い》れたよな」

「っ、手《て》に入《い》れたって……まだ全然《ぜんぜん》だし……」

言《い》うと、なぜか呆《あき》れたような視線《しせん》を向《む》けてくる瑛斗《えいと》。

なんだよ、その顔《かお》。すっごいムカつくんだけど。

「じゃあ、まだいけるってことか」

「は？　なにが？　マジでやめてくんない？」

つい食《く》ってかかってしまうと、瑛斗《えいと》は右手《みぎて》をひらひらとさせる。

「んな、やっきになんなよ。ほら、レッスン続《つづ》けるぞ」

「俊《しゅん》。僕《ぼく》はちゃんと応援《おうえん》してるからね？」

「……わかってるよ」

わざわざ言《い》われたら、逆《ぎゃく》に怪《あや》しいんですけど。

なんなんだよ、玲《れい》も瑛斗《えいと》も。

あーあ。もっと強気《つよき》に、ついてくんなって言《い》っておけばよかった……。

そう思《おも》いつつも、気《き》がついてしまう。胸《むね》の奥《おく》が、じんわりとあたたかくなっていることに。

なんだかんだ言《い》って、みんな、僕《ぼく》のことも美織《みおり》のことも気《き》にかけてくれるから……。

このグループでデビューしてよかった。改《あらた》めて、そう思《おも》えた日《ひ》だった。

翌日《よくじつ》の朝《あさ》。僕《ぼく》は変装《へんそう》がてら、髪《かみ》の毛《け》を手《て》でくしゃくしゃにしつつ、旧校舎《きゅうこうしゃ》の辺《あた》りを歩《ある》いていた。

美織《みおり》と登校《とうこう》したかったけど……久《ひさ》しぶりに親友《しんゆう》と登校《とうこう》したいから、って断《ことわ》られてしまったんだよね。だから、仕方《しかた》なく登校《とうこう》してから美織《みおり》を探《さが》すことにした。

昨日《きのう》はこの辺《へん》歩《ある》いてたら出会《であ》えたのに……と周《まわ》りを見回《みまわ》していると、ちょうど裏庭《うらにわ》の方《ほう》に美《み》織《おり》の姿《すがた》が見《み》えた。

「あっ、みお……」

でも、僕《ぼく》はすぐに口《くち》を閉《と》ざす。

美織《みおり》が、女《おんな》の子《こ》たちと歩《ある》いてるから。ざっと八人《はちにん》くらいか。

……いつの間《ま》に、あんなに友達《ともだち》できたんだろう？

でも、なんだか美織《みおり》の様子《ようす》が変《へん》だった。ずっと下《した》を向《む》いて、暗《くら》い顔《かお》をして女《おんな》の子《こ》たちについていっている。

あれ、友達《ともだち》……なのか？

様子《ようす》をうかがっていると、美織《みおり》と離《はな》れたところから、玲《れい》が歩《ある》いてくるのが見《み》えた。変装《へんそう》はしているけど、背丈《せたけ》や雰囲気《ふんいき》、歩《ある》き方《かた》で僕《ぼく》には丸《まる》わかりだ。

……なに？　まさか、ストーカー？

やっぱり玲《れい》も狙《ねら》ってんのかよ……っ！　そりゃあ、可愛《かわい》いけどさっ!!

焦《あせ》った僕《ぼく》は、あわてて玲《れい》に近《ちか》づいていく。

「おい、なにしてんの」

美織《みおり》たちに気《き》づかれないよう、小声《こごえ》で話《はな》しかけた。

すると、玲《れい》はなにやら冷《つめ》たい視線《しせん》を僕《ぼく》に向《む》ける。

「俊《しゅん》こそなにやってるの？」

「は？　なんの話《はなし》……」

「あれ、俊《しゅん》の親衛隊《しんえいたい》だよね」

玲《れい》は、ポケットに手《て》を突《つ》っこんだまま、美織《みおり》の方《ほう》を軽《かる》く顎《あご》でさす。

……親衛隊《しんえいたい》……？　そ、そんなのあったの……？

あぁ、そういえばあの女《おんな》の子《こ》たち、やたら話《はな》しかけてくるなぁとは思《おも》ってた。

「……あの様子《ようす》だと、体育館《たいいくかん》の裏《うら》に行《い》くね。美織《みおり》ちゃん、詰《つ》められるんじゃない？」

「ちょ、なんで玲《れい》がついてくの」

「目《め》に入《はい》ったから心配《しんぱい》になって。……俊《しゅん》は、来《こ》ないほうがいいんじゃない？　まだ僕《ぼく》の方《ほう》が場《ば》を和《やわ》らげられそうだし」

言《い》われ、全《まった》く否《いな》めなかった。

……僕《ぼく》が登場《とうじょう》するのは、確《たし》かに、火《ひ》に油《あぶら》を注《そそ》ぐようなものだ。ここは玲《れい》に任《まか》せて、大人《おとな》しく下《さ》がっていたほうがいいのかもしれない。

昨日《きのう》、蓮司《れんじ》さんに釘《くぎ》をさされたばっかりだし。

美織《みおり》についていく玲《れい》の背中《せなか》を見《み》ながら、僕《ぼく》は一人《ひとり》、歯《は》を食《く》いしばっていた。

――だけど、やっぱり我慢《がまん》できなくて……。

僕《ぼく》も、静《しず》かに玲《れい》のあとを追《お》うことにしたんだ。

六話《ろくわ》　ひとり、揺《ゆ》らぎ

「……話《はなし》、って？」

私《わたし》が聞《き》くと、女《おんな》の子《こ》たちは顔《かお》を見合《みあ》わせ、口角《こうかく》を上《あ》げていた。

……嫌《いや》な感《かん》じ。

「あんた、ムカつくのよ」

真《ま》ん中《なか》に立《た》つ女《おんな》の子《こ》から言《い》われ、ズキッと胸《むね》の奥《おく》が痛《いた》んだ。……けっこう、ストレートに言《い》うなぁ。

壁《かべ》についた背中《せなか》に冷《ひ》や汗《あせ》を感《かん》じつつ、私《わたし》は、前《まえ》にずらっと並《なら》んでいる女《おんな》の子《こ》たち一人《ひとり》ひとりと目《め》を合《あ》わせていく。

それから、できるだけ表情《ひょうじょう》を変《か》えず、静《しず》かに話《はな》しだした。

「……ムカつくって……、なにが？」

ほんとは、ちょっと手《て》の先《さき》が震《ふる》えてる。けど、腕《うで》を組《く》んで隠《かく》した。

「俊《しゅん》さまの幼《おさな》なじみだかなんだか知《し》らないけど、近《ちか》づきすぎじゃない？」

「そうそう、何様《なにさま》？　って感《かん》じー」

「ぶすのクセにさぁ」

きゃはははっ、と女《おんな》の子《こ》たちは甲高《かんだか》い笑《わら》い声《ごえ》を上《あ》げる。

口々《くちぐち》に、私《わたし》に棘《とげ》をさしてくる女《おんな》の子《こ》たち。

……なんで、こんなに一方的《いっぽうてき》に言《い》われなきゃいけないの？

私《わたし》は、ただ……。

きゅっと拳《こぶし》を握《にぎ》りしめ、言《い》いたいことを我慢《がまん》するのに集中《しゅうちゅう》する。

「それに、なーんか玲《れい》きゅんにも構《かま》ってもらってない？」

「瑛斗《えいと》にも尻尾《しっぽ》振《ふ》ってんじゃないの？」

「やだー、ほんっと身《み》のほど知《し》らず！　立場《たちば》わきまえてよね！」

そこまで言《い》われ、ついに我慢《がまん》の限界《げんかい》がきた。

立場《たちば》って、なに……？

ずっと、俊《しゅん》のことを考《かんが》えて動《うご》いていたのに。

……私《わたし》には、許《ゆる》されないっていうの？

「あなたたちの方《ほう》こそ、何様《なにさま》なのよ」

気《き》づいたら、口《くち》が開《ひら》いていた。

「はい？」

「私《わたし》は、俊《しゅん》と仲良《なかよ》くしたいし、力《ちから》になりたいから一緒《いっしょ》にいるだけ。……それに、いつもは俊《しゅん》が呼《よ》び出《だ》してく――」

そこまで言《い》って、さすがの私《わたし》も、女《おんな》の子《こ》たちの怒《いか》りのボルテージが上《あ》がったのを感《かん》じとり、言葉《ことば》を切《き》った。

あぁ、ダメだ……。こうやって、思《おも》っていることをそのまま言《い》うのは、良《よ》くないよね。

……でも、じゃあどうすればいいの……？

どうして、私《わたし》はこうなっちゃうの……？

涙《なみだ》が浮《う》かんできそうになって、グッとこらえる。

「なんなの？　あんた、私《わたし》たちのこと見下《みくだ》してるよね」

「っ、そんなつもりじゃ……」

どうして、こんなに上手《うま》くいかないんだろう。

私《わたし》は、私《わたし》が正《ただ》しいと思《おも》って生《い》きているだけなのに。

どうして……。

「はーい！　そこまでにしよっかー」

パンパン、と手《て》の鳴《な》る音《おと》がし、柔《やわ》らかな声《こえ》が降《ふ》りかかってきた。

「……玲《れい》さん!?」

「なっ、えぇ!?　玲《れい》きゅん……っ!?」

玲《れい》さんは、ぐいっと女《おんな》の子《こ》たちの間《あいだ》に割《わ》って入《はい》ると、私《わたし》の前《まえ》に立《た》ってくれる。

「そんな怖《こわ》い顔《かお》してたら、せっかくの可愛《かわい》らしい顔《かお》が台無《だいな》しだよ？」

うっ……背中《せなか》からも眩《まぶ》しいオーラが伝《つた》わる……っ！

キラッキラの笑顔《えがお》に当《あ》てられたのか、女《おんな》の子《こ》たちは、頬《ほお》がとろけるのを必死《ひっし》で我慢《がまん》するように私《わたし》を睨《にら》んで黙《だま》っていた。

……えっと。いつからいたんだろう？

もしかして、ずっと見《み》られてた？

「ほら、もうすぐ授業始《じゅぎょうはじ》まっちゃうよ？　遅刻《ちこく》する女《おんな》の子《こ》は嫌《きら》いだなぁ」

女《おんな》の子《こ》たちは、顔《かお》を見合《みあ》わせる。

ほとんどの女《おんな》の子《こ》たちは、もういいじゃん、という雰囲気《ふんいき》になっていた。

けど、真《ま》ん中《なか》に立《た》つ女《おんな》の子《こ》は、それでも引《ひ》き下《さ》がろうとしなかった。

「……話《はなし》、終《お》わってないんだけど」

帰《かえ》ろうとしていた女《おんな》の子《こ》も、気《き》まずそうにその場《ば》に立《た》ち止《ど》まる。

……この子《こ》、俊《しゅん》の大《だい》ファンなんだなぁ。

まるで、玲《れい》さんが視界《しかい》に入《はい》っていないみたい。

「本当《ほんとう》はさ、美織《みおり》ちゃんが悪《わる》いわけじゃないって、わかってるよね？」

玲《れい》さんが、こちらを振《ふ》り返《かえ》る。

眉《まゆ》を下《さ》げ、ほんのりと口角《こうかく》を上《あ》げていた。

あたたかい瞳《ひとみ》に見《み》つめられ、ポロッと涙《なみだ》がこぼれ落《お》ちてしまう。

……もう、こんなところで泣《な》くなんて……本当《ほんとう》に嫌《いや》な女《おんな》の子《こ》だな、私《わたし》。

でも、安心感《あんしんかん》と、悔《くや》しさと、悲《かな》しさで。もう、心《こころ》のなかがぐちゃぐちゃだ。

――そのとき。

「美織《みおり》っ!!」

遠《とお》くから、俊《しゅん》の声《こえ》がした。

こちらに走《はし》ってくる足音《あしおと》がする。

女《おんな》の子《こ》たちはさらにどよめき、玲《れい》さんは目《め》に手《て》を当《あ》てて天《てん》を仰《あお》ぎ、重《おも》いため息《いき》をついていた。

私《わたし》は、泣《な》いている顔《かお》を見《み》られたくなくて、玲《れい》さんの背中《せなか》に隠《かく》れたまま、わざと反対方向《はんたいほうこう》を向《む》く。

「美織《みおり》？　……泣《な》いてるの？」

「あっ、俊《しゅん》さま……これはちが……」

「美織《みおり》、おいで」

俊《しゅん》が強引《ごういん》に腕《うで》を引《ひ》っ張《ぱ》ってきて、よろけてしまう。けど、すぐに私《わたし》の顔《かお》はすっぽりと胸《むね》のなかにおさめられた。

ぽんぽんっ、と頭《あたま》を撫《な》でてくる俊《しゅん》。

あぁ、あたたかい。

……なのに、女《おんな》の子《こ》たちの視線《しせん》が気《き》になって、安心《あんしん》できない。

そんな自分《じぶん》が、本当《ほんとう》に嫌《いや》になる。

「……もう、離《はな》してよ……」

心《こころ》にもないことを、口《くち》にした。

「どうして？」

「……っ、ダメだよ。なんで……」

「僕《ぼく》は、目《め》の前《まえ》で大好《だいす》きな女《おんな》の子《こ》が泣《な》いてるから、抱《だ》きしめただけ。それのなにがいけないの？」

あぁ、もう。

涙《なみだ》があふれて止《と》まらない。

いろんな感情《かんじょう》に、押《お》しつぶされそうだ。

……そんなの、私《わたし》だって……。

そのうち、女《おんな》の子《こ》たちが泣《な》いて走《はし》り去《さ》っていく音《おと》が聞《き》こえる。

体育館《たいいくかん》の裏《うら》には、私《わたし》と玲《れい》さんと俊《しゅん》の三人《さんにん》だけになる。

「……うっ、そうだよね、それが正《ただ》しいよね」

「……美織《みおり》？」

バッ、と私《わたし》は俊《しゅん》を突《つ》き放《はな》す。

わかってる。

こんなの八《や》つ当《あ》たりだ。

皆《みな》が皆《みな》、正《ただ》しく生《い》きられるわけじゃない。だけど、私《わたし》は私《わたし》なりに――。

嗚咽《おえつ》しながらも、言葉《ことば》を吐《は》き出《だ》さずにはいられなくなった。

「……いいよね、俊《しゅん》は……っ。まっすぐに自分《じぶん》の思《おも》うがままに生《い》きていれば、それが評価《ひょうか》されるんだから……っ」

どうしよう。

もう、止《と》まらない。

「俊《しゅん》には、わからないよ……っ！　私《わたし》の気持《きも》ちとか、立場《たちば》なんて……才能《さいのう》があって、みんなから好《す》かれる俊《しゅん》には、わからないんだ……っ！」

その場《ば》には、私《わたし》のしゃくり上《あ》げる声《こえ》だけが響《ひび》いていた。

しばらくしてから、「……そっか」と俊《しゅん》の落《お》ち着《つ》いた声《こえ》がする。

顔《かお》を上《あ》げると、俊《しゅん》は、頭《あたま》をかいて表情《ひょうじょう》を歪《ゆが》ませていた。

「僕《ぼく》、美織《みおり》のそばにいたら……邪魔《じゃま》なのかな」

「……っ、ごめん、私《わたし》」

「ごめんね。……じゃあね」

俊《しゅん》は、背中《せなか》を曲《ま》げて去《さ》っていく。

玲《れい》さんは、その後《ご》も静《しず》かに私《わたし》のそばに寄《よ》り添《そ》い続《つづ》けてくれた。


「……なんで、あんなこと言《い》っちゃったんだろ……」

授業《じゅぎょう》が始《はじ》まるチャイムの音《おと》が聞《き》こえても、私《わたし》は体育館《たいいくかん》の裏《うら》から動《うご》けないでいた。

三角座《さんかくずわ》りをして俯《うつむ》く私《わたし》に、玲《れい》さんは優《やさ》しく声《こえ》をかけてくれる。

「ずっと、心《こころ》の底《そこ》にくすぶっていた思《おも》いなんじゃない？」

「……そんな、こと……」

否定《ひてい》しきれない自分《じぶん》に嫌気《いやけ》がさす。

……こんな自分《じぶん》、大《だい》っ嫌《きら》いだ。

「美織《みおり》ちゃん。よかったら、俊《しゅん》のオーディション中《ちゅう》の動画《どうが》とか見《み》てみてよ。きっと、元気《げんき》もらえると思《おも》うから」

玲《れい》さんに言《い》われたとおり、帰《かえ》ったら、さっそくお母《かあ》さんに頼《たの》みこみ、俊《しゅん》が出《で》ていたオーディション動画《どうが》を片《かた》っ端《ぱし》から見《み》はじめた。

そこには、まだ内気《うちき》な俊《しゅん》が映《うつ》されていた。

私《わたし》のよく知《し》っている、俊《しゅん》の姿《すがた》だ。

最初《さいしょ》は手《て》が震《ふる》えて上手《うま》く声《こえ》が出《だ》せず、でも、透《す》きとおった綺麗《きれい》な歌声《うたごえ》で……審査員《しんさいん》の人《ひと》たちからは厳《きび》しい意見《いけん》をもらうけど、れんれんにだけは、「伸《の》び代《しろ》がある」「なにか光《ひか》るものを感《かん》じる」と言《い》われ、目《め》を輝《かがや》かせる俊《しゅん》。

それから、厳《きび》しい合宿《がっしゅく》期間《きかん》が始《はじ》まって、徐々《じょじょ》に他《ほか》の応募《おうぼ》メンバーたちと距離《きょり》を詰《つ》めていって、不安《ふあん》な気持《きも》ちも吐露《とろ》できるようになって、前《まえ》を向《む》いて自分《じぶん》を出《だ》しはじめていく。

朝《あさ》から晩《ばん》まで歌《うた》やダンスのことばかり考《かんが》え、練習《れんしゅう》して……自分《じぶん》のことを見《み》つめて、表現力《ひょうげんりょく》を高《たか》めていって……。

最後《さいご》まで見終《みお》わらないうちに、私《わたし》の頬《ほお》は涙《なみだ》で濡《ぬ》れていた。

……才能《さいのう》があるからいいよね、なんて……。私《わたし》、なんて酷《ひど》いことを言《い》ってしまったんだろう。

俊《しゅん》が最初《さいしょ》からあんなにキラキラしていたわけではないこと、私《わたし》が一番《いちばん》よく知《し》っているのに。

いまあんなにも輝《かがや》いて、みんなに必要《ひつよう》とされているのは、俊《しゅん》のひたむきな努力《どりょく》の結果《けっか》なんだ。

それ以外《いがい》、なんにもないのに……。

——僕《ぼく》はずっと、美織《みおり》のことだけを考《かんが》えて過《す》ごしてきたんだよ。

俊《しゅん》の想《おも》いの強《つよ》さを改《あらた》めて知《し》り、顔《かお》がボッと火照《ほて》る。

……あぁ、私《わたし》。こんな自分《じぶん》のままじゃ、嫌《いや》だ……。

俊《しゅん》に好《す》きになってもらう資格《しかく》なんて、ないよ。

そうだ。俊《しゅん》が好《す》きなのは、こんなにすごい俊《しゅん》が好《す》きなのは——

きっと、そのままの私《わたし》なんだ。

七話《ななわ》　世界《せかい》で一番《いちばん》大好《だいす》きな人《ひと》

一時間目《いちじかんめ》の授業《じゅぎょう》が始《はじ》まる、三十分前《さんじゅっぷんまえ》。

私《わたし》は、空《あ》き教室《きょうしつ》で──

「また会《あ》えて嬉《うれ》しいよ、美織《みおり》ちゃん。どうしたの？」

玲《れい》さんと、二人《ふたり》っきりでいた。

本当《ほんとう》にすごいなぁ、と感心《かんしん》してしまう。玲《れい》さんはいつも、心《こころ》がぽっとあたたかくなる笑顔《えがお》を浮《う》かべている。

思《おも》い悩《なや》み、強《こわ》ばっていた身体《からだ》も、すーっと軽《かる》くなっていくようだった。

昨日《きのう》の夜《よる》。私《わたし》は俊《しゅん》に、いつもの空《あ》き教室《きょうしつ》で話《はな》したい、とメッセージを送《おく》っていた。

けど、ずっと既読《きどく》はつかないままだ。今《いま》までなら、すぐに返信《へんしん》がきたのに……。

やっぱり嫌《きら》われちゃったかなぁ……と弱気《よわき》になってしまうけど、諦《あきら》めることなんて、できるはずがなくて。ウジウジ悩《なや》んでいるのも嫌《いや》になって、いつもより早起《はやお》きして学校《がっこう》に来《き》ちゃったんだ。

教室《きょうしつ》より先《さき》に、この空《あ》き教室《きょうしつ》に足《あし》が向《む》かっていて。

でも、こんなに朝早《あさはや》くから開《あ》いているはずもなく、なにしてるんだろ……って思《おも》って引《ひ》き返《かえ》したら、そこに玲《れい》さんがやってきた。

だから、相談《そうだん》しようと思《おも》って。

今《いま》の気持《きも》ちを。そして、これから私《わたし》がやろうとしていることを——


話《はなし》を聞《き》いた玲《れい》さんは、ふっと俯《うつむ》いて笑《わら》った。

「なにをそんな思《おも》い詰《つ》めてるのかと思《おも》えば……いいじゃん。僕《ぼく》は、二人《ふたり》を応援《おうえん》するよ」

「本当《ほんとう》……ですか？」

「逆《ぎゃく》に、どうして反対《はんたい》されると思《おも》ったの？」

玲《れい》さんは、さっきから目《め》を合《あ》わせてくれない。

表情《ひょうじょう》をうかがいつつ、ぼそぼそっと喋《しゃべ》ってしまう。

「私《わたし》……ただの、普通《ふつう》の女《おんな》の子《こ》だし。俊《しゅん》の隣《となり》にいて……俊《しゅん》のためになるのかな、って……不安《ふあん》になってきちゃって」

言《い》うと、玲《れい》さんはまた静《しず》かな笑《え》みをこぼした。

それから、こちらを見《み》つめると、両手《りょうて》を差《さ》し出《だ》してくる。

握手《あくしゅ》……？　不思議《ふしぎ》に思《おも》いつつ、私《わたし》も手《て》を差《さ》し出《だ》すと、きゅっと優《やさ》しく手《て》を握《にぎ》りしめられた。

「俊《しゅん》、すっごく歌《うた》が上手《うま》くなってた。前《まえ》から指摘《してき》されていた高音《こうおん》の伸《の》びが、見事《みごと》に解決《かいけつ》されてたんだよ。それって……美織《みおり》ちゃんのおかげだよね？」

「あっ……私《わたし》は、ちょっとアドバイスをしただけで……」

「すごいなぁ。僕《ぼく》も、美織《みおり》ちゃんのレッスン受《う》けたいよ」

反応《はんのう》に困《こま》っていると、冗談《じょうだん》だよ、と玲《れい》さんは手《て》を離《はな》す。

そして、また顔《かお》を背《そむ》けた。

玲《れい》さんは、しばらく間《ま》を空《あ》けた後《あと》、ゆっくりと話《はな》しだす。

「俊《しゅん》は、オーディションのときからずっと言《い》ってたよ。大好《だいす》きな人《ひと》に振《ふ》り向《む》いてほしくて、頑《がん》張《ば》ってるんだ！　って。こんなにまっすぐ想《おも》ってもらえる女《おんな》の子《こ》は、幸《しあわ》せ者《もの》だなぁ。そう思《おも》ってた。けど——違《ちが》ったね」

「え？」

玲《れい》さんは、喜《よろこ》びに満《み》ちた表情《ひょうじょう》で、こちらを見《み》つめる。

「そこまで想《おも》える人《ひと》がいる、俊《しゅん》が幸《しあわ》せ者《もの》なんだ、ってこと」

じん、と目頭《めがしら》が熱《あつ》くなる。

窓《まど》から差《さ》しこむ朝日《あさひ》が、影《かげ》も消《け》しそうなくらいに眩《まぶ》しくて。

瞬《まばた》きすると、あたたかい涙《なみだ》がこぼれ落《お》ちた。

「だから自信《じしん》もってよ、美織《みおり》ちゃん。僕《ぼく》は、グループのセンターとして活躍《かつやく》する俊《しゅん》が、これからどんな成長《せいちょう》をするのか、楽《たの》しみで仕方《しかた》ないよ。それは、瑛斗《えいと》も、蓮司《れんじ》さんも同《おな》じ気持《きも》ちだよ。みんな、美織《みおり》ちゃんのことすっごい褒《ほ》めてたんだから」

ぐっと親指《おやゆび》で涙《なみだ》を拭《ぬぐ》い、深《ふか》く、深《ふか》く頷《うなず》いた。

よかった……っ。そう思《おも》わず呟《つぶや》いた。

私《わたし》、ちゃんと力《ちから》になれてたんだ。

——嬉《うれ》しい。

俊《しゅん》をまっすぐに想《おも》う気持《きも》ちが、ちゃんと伝《つた》わっていたんだ。

正《ただ》しかったのだと、俊《しゅん》の近《ちか》くにいる人《ひと》たちが言《い》ってくれるのなら……。

もう、迷《まよ》うことなんてない。

「ありがとう、ございます。玲《れい》さん、私《わたし》……」

「お礼《れい》はいいから、早《はや》く行《い》っておいでよ」

「え？」

「俊《しゅん》、今日《きょう》はちゃんと来《く》るって言《い》ってたよ。僕《ぼく》も心配《しんぱい》だったから、連絡取《れんらくと》ってたんだけどさ。すごく落《お》ちこんでたから……早《はや》めに元気《げんき》づけてあげてよ」

言《い》われ、私《わたし》はすぐに立《た》ち上《あ》がる。

雲《くも》ひとつなく晴《は》れ渡《わた》る空《そら》に、羽《は》ばたけそうな勢《いきお》いだった。

「はいっ!!」

返事《へんじ》をすると、玲《れい》さんに手《て》を振《ふ》られて空《あ》き教室《きょうしつ》を出《で》る。

――と、そこに。

瑛斗《えいと》が睨《にら》みをきかせて仁王立《におうだ》ちしていた。

わぁっ！　と思《おも》わず叫《さけ》んでしまう。

尻《しり》もちをつきそうになったけど、なんとか持《も》ちこたえた。

「瑛斗《えいと》……」

「悪《わり》ぃ。話聞《はなしき》いてた」

「えっ」

相変《あいか》わらずの圧《あつ》で、顔《かお》を近《ちか》づけてくる瑛斗《えいと》。

ひぃっ……怒《おこ》られる？

そんな考《かんが》えが、ついよぎってしまい、後退《あとずさ》りそうになる。

けど、負《ま》けじと私《わたし》も睨《にら》んでみた。

すると、瑛斗《えいと》は柔《やわ》らかく笑《わら》った。

「もう、二度《にど》と弱気《よわき》になるんじゃねーぞ。俊《しゅん》と同《おな》じくらい、自分《じぶん》を信《しん》じろ。わかったな？」

「……っ！　うん、もちろん!!」

私《わたし》も笑顔《えがお》を浮《う》かべると、瑛斗《えいと》はガシガシッと私《わたし》の頭《あたま》を撫《な》で、完璧《かんぺき》なキラキラスマイルを向《む》けて空《あ》き教室《きょうしつ》へと入《はい》っていった。

二人《ふたり》に背中《せなか》を押《お》してもらった私《わたし》は、迷《まよ》いなく新校舎《しんこうしゃ》へと駆《か》けていく。

side 瑛斗《えいと》

空《あ》き教室《きょうしつ》に入《はい》ると、玲《れい》の寂《さび》しげな後《うし》ろ姿《すがた》が目《め》に入《はい》る。窓《まど》のふちに肘《ひじ》をつき、ぼーっと外《そと》を眺《なが》めていた。

俺《おれ》が横《よこ》に来《き》ても、目線《めせん》すらくれない。

……ヘコんでるな、これ。

「なんであんな嘘《うそ》ついた？　玲《れい》」

聞《き》くと、玲《れい》はやっと少《すこ》し口角《こうかく》を上《あ》げる。

「聞《き》いてたんだー、瑛斗《えいと》。趣味《しゅみ》悪《わる》いー」

「いーから答《こた》えろ」

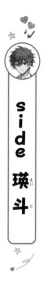

さっき、玲《れい》が美織《みおり》に、俊《しゅん》と連絡《れんらく》が取《と》れたとか言《い》っていた。けど、それは嘘《うそ》だ。昨日《きのう》、俺《おれ》も玲《れい》から話《はなし》を聞《き》いて心配《しんぱい》になって、メッセージを送《おく》って電話《でんわ》もしたけど、全《まった》くつながらなかった。

後《のち》に、蓮司《れんじ》さんから大丈夫《だいじょうぶ》だとは聞《き》いたけど……。

あいつ、本当《ほんとう》に今日《きょう》学校《がっこう》来《く》るのか？

つい睨《にら》んでしまう俺《おれ》に顔《かお》を向《む》けないまま、玲《れい》は蚊《か》の鳴《な》くような声《こえ》で言《い》う。

「……早《はや》く、出《で》てってほしかったから」

あーあ。お前《まえ》もか。

俺《おれ》はわかっていながら、あえて聞《き》き返《かえ》す。

「なんで？」

「妬《や》いちゃった」

もうー、と玲《れい》は髪《かみ》の毛《け》を乱《みだ》れさせる。

「羨《うらや》ましいなぁ、俊《しゅん》。本当《ほんとう》……中学《ここ》についてくるんじゃなかったよ」

顔《かお》を歪《ゆが》ませ、項垂《うなだ》れる玲《れい》。いつも穏《おだ》やかな玲《れい》のこんな姿《すがた》を見《み》れるなんて……後《あと》をついてきてよかったな。

なんてことを、こういう状況《じょうきょう》で口《くち》にするほど、俺《おれ》は気遣《きづか》いできない人間《にんげん》じゃない。玲《れい》としっかり肩《かた》を組《く》みながら声《こえ》をかける。

「俺《おれ》も同感《どうかん》」

ふっ、と玲《れい》が笑《え》みをこぼす。

二人《ふたり》して、古《ふる》い窓《まど》から外《そと》を眺《なが》め続《つづ》けた。

白《しろ》い光《ひかり》が、慰《なぐさ》めるように俺《おれ》たちを照《て》らしてくれている。

空《そら》は青《あお》く、どこまでも澄《す》み渡《わた》っていた。

「……絶好《ぜっこう》の告白日和《こくはくびより》だな」

「そうだねー」

つまらなそうに、だけどほんのりと、頬《ほお》が上《あ》がる玲《れい》だった。

――おい、俊《しゅん》。

ファンのみんなも……美織《みおり》も、どっちも幸《しあわ》せにしねーと絶対許《ぜったいゆる》さねぇからな。

そんでもって、いつか俺《おれ》がセンターを奪《うば》ってやる。

待《ま》ってろよ、見《み》せつけてやるから。

そう思《おも》い、一段《いちだん》と闘志《とうし》を燃《も》やす俺《おれ》だった。

二階《にかい》の一年生《いちねんせい》の教室《きょうしつ》の並《なら》ぶ廊下《ろうか》に着《つ》くと、窓《まど》を開《あ》け、校門《こうもん》をじっと見続《みつづ》ける。

……俊《しゅん》、いつ来《く》るかな……。

校門《こうもん》で待《ま》とうかとも思《おも》ったけど、たくさんの女《おんな》の子《こ》たちに押《お》しつぶされちゃいそうで……。

結局《けっきょく》、上《うえ》から見張《みは》ることにしたんだ。

校門《こうもん》には、少《すこ》しずつ女《おんな》の子《こ》が集《あつ》まってくる。俊《しゅん》が登校《とうこう》する時間《じかん》まで、まだまだあるのに……。

いつも、こんな時間《じかん》から待《ま》ち続《つづ》けているんだ。

今《いま》か今《いま》かと待《ま》ち構《かま》える女《おんな》の子《こ》たちを見《み》ていると、複雑《ふくざつ》な気持《きも》ちになってきた。

私《わたし》は……今《いま》から、とても残酷《ざんこく》なことをしようとしているんじゃないかな。

でも、どうしたって俊《しゅん》とは連絡《れんらく》がつかないし……ずっと、俊《しゅん》の気持《きも》ちを傷《きず》つけたままでいるのは嫌《いや》なんだ。

せっかく、二人《ふたり》に背中《せなか》を押《お》してもらったし。このまま尾《お》を引《ひ》いてほしくないから、できることなら今《いま》すぐに伝《つた》えたい。

私《わたし》の気持《きも》ちばかりが、先走《さきばし》っているような気《き》はする。

また、失敗《しっぱい》してしまうかもしれない。

けど……私《わたし》だって、同《おな》じだから。

好《す》きな人《ひと》が悲《かな》しんでいる顔《かお》なんて、見《み》たくないんだよ。

待《ま》ち続《つづ》けていると、突然《とつぜん》、黄色《きいろ》い声《こえ》が上《あ》がる。
見《み》ると、俊《しゅん》が手《て》を振《ふ》りながら校門《こうもん》をくぐってきていた。
想《おも》いが、一気《いっき》にあふれ出《だ》す。
「俊《しゅん》っ!!」
すぐに呼《よ》ぶけど、女《おんな》の子《こ》たちの声《こえ》に埋《う》もれ、全然届《ぜんぜんとど》かなかった。
あぁ、こんなときのために、私《わたし》もボイストレーニングとかしとくんだった……!!
と、めげそうになったところで。
オーディション中《ちゅう》の動画《どうが》のなかで、れんれんが俊《しゅん》に言《い》っていたことを思《おも》い出《だ》す。
『一番大事《いちばんだいじ》なのは、届《とど》けたい、って気持《きも》ちだから』
すうっ、と思《おも》いきり息《いき》を吸《す》いこむと、お腹《なか》の底《そこ》から叫《さけ》んだ。
届《とど》け、とまっすぐに願《ねが》いながら。
「俊《しゅん》――――っっ!!」
すると、俊《しゅん》が、ぱっと上《うえ》を見《み》る。
目《め》が合《あ》った。
ぽかん、と口《くち》を開《あ》けている。

その様子《ようす》に、周《まわ》りの女《おんな》の子《こ》たちも、しんとなっていった。

「俊《しゅん》っ！　昨日《きのう》は、本当《ほんとう》にごめんなさいっ」

もう、私《わたし》の目《め》には俊《しゅん》しか映《うつ》らない。

くりっとした大《おお》きな目《め》が、さらにまん丸《まる》くなっていくのが遠目《とおめ》にもわかる。

あぁ、可愛《かわい》いなぁ。


そうだ。ずっとそうだった。

私《わたし》にとって、俊《しゅん》はスーパーアイドルなんかじゃない。

いつまでも可愛《かわい》い——大切《たいせつ》な幼《おさな》なじみだ。

「本当《ほんとう》はねっ！　私《わたし》、俊《しゅん》のことが……っ」

「美織《みおり》、待《ま》って!!」

前《まえ》のめりになっていた私《わたし》に、俊《しゅん》は優《やさ》しく、天使《てんし》のように柔《やわ》らかく笑《わら》う。

「今《いま》から、そっち行《い》く」

ざわざわとする校内《こうない》。

私《わたし》は、今《いま》さらとんでもなく注目《ちゅうもく》を浴《あ》びていたことに気《き》がつき、その場《ば》で膝《ひざ》から崩《くず》れ落《お》ちる。

そうしていると俊《しゅん》がやってきて、手《て》を引《ひ》いて立《た》ち上《あ》がらせてくれた。

連《つ》れていかれたのは、誰《だれ》もいない屋上《おくじょう》だった。

はぁ、はぁ、とお互《たが》いに息《いき》を整《ととの》える。

「あの……っ！　俊《しゅん》むぐっ」

つないでいないほうの手《て》で、口元《くちもと》をおさえられる。

真剣《しんけん》なまなざしで、こちらをじっと見《み》つめる俊《しゅん》。

いつもの可愛《かわい》らしい俊《しゅん》じゃない、凛々《りり》しい顔《かお》つきだった。

ぎゅっと私《わたし》の両手《りょうて》を握《にぎ》りしめると、俊《しゅん》は、意《い》を決《けっ》したように口《くち》を開《ひら》く。

「僕《ぼく》は、ずっと前《まえ》から美織《みおり》のナンバーワンになりたかった。……大好《だいす》きです、美織《みおり》。僕《ぼく》の彼女《かのじょ》になってくれませんか？」

感動《かんどう》で頬《ほお》がくずれると同時《どうじ》に、涙《なみだ》がこぼれ落《お》ちる。

「はいっ。私《わたし》も、俊《しゅん》のことが大好《だいす》きです」

ぶわっと顔《かお》を赤《あか》くさせる俊《しゅん》。瞬《まばた》きもせず、頬《ほお》をつねりだした。

「美織《みおり》……僕《ぼく》、いま夢《ゆめ》を見《み》てるのかな？」

ぶんぶんっ、と私《わたし》は首《くび》を横《よこ》に振《ふ》る。

「俊《しゅん》は、ずーっと前《まえ》から、私《わたし》のナンバーワンなんだから——きゃっ」

思《おも》いっきり抱《だ》きしめられる。

強《つよ》く、強《つよ》く。

後《うし》ろに倒《たお》れそうになっちゃって、俊《しゅん》がぱっと離《はな》れて腰《こし》を支《ささ》えてくれた。

「……嬉《うれ》しい、ほんとに？　ほんとうに、僕《ぼく》のことが好《す》きなの？」

「うん。大好《だいす》きだよ」

俊《しゅん》が、泣《な》きそうな顔《かお》で微笑《ほほえ》む。

「もっかい言《い》って？」

「……っ、す、すき」

「もういっかい」

「もうっ！　何回《なんかい》言《い》わせるつもりなの！」

ふふっ、と吐息《といき》が私《わたし》の前髪《まえがみ》にかかる。

「僕《ぼく》も大好《だいす》きだよ、美織《みおり》。世界《せかい》で一番《いちばん》……なによりも可愛《かわい》くて大好《だいす》き。このまま一生《いっしょう》、僕《ぼく》のことだけ見《み》てて？」

……あぁ。甘《あま》くて、とろけそうだ。

なんて幸《しあわ》せなんだろう。

本当《ほんとう》に、時《とき》が止《と》まってしまえばいいのに……。

そう思《おも》ったところで、ハッと私《わたし》は昨日《きのう》の醜態《しゅうたい》を思《おも》い出《だ》す。

「俊《しゅん》……昨日《きのう》はごめんなさい。すごく酷《ひど》いこと言《い》っちゃった……」

「ん、なんか言《い》われたっけ？　忘《わす》れちゃった」

俊《しゅん》はそう言《い》ってくれるけど、なんだかモヤモヤが晴《は》れない私《わたし》は、「でも……」と口《くち》ごもってしまう。

すると、俊《しゅん》はなにやらニヤリと目《め》を細《ほそ》めた。

「じゃあ、もっかい好《す》きって言《い》ったら許《ゆる》してあげる」

「……っ！」

つい、顔《かお》が熱《あつ》くなってしまう私《わたし》。

でも、ごくりと唾《つば》を飲《の》みこむと、しっかりと目《め》を合《あ》わせて言《い》った。

「す、好《す》きだよっ、俊《しゅん》」

「僕《ぼく》の方《ほう》が大好《だいす》きです」

残念《ざんねん》でしたー、とからかうように言《い》う俊《しゅん》。

なっ……、と私《わたし》はもう一度《いちど》気持《きも》ちを伝《つた》えようとするけど、にんまりとこちらを見《み》つめる俊《しゅん》に負《ま》け、さらに熱《あつ》くなった顔《かお》を両手《りょうて》で隠《かく》すしかなかったのだった。

八《はち》話《わ》　夢《ゆめ》と現《げん》実《じつ》と

side 俊《しゅん》

「へぇー。うっかり公開告白《こうかいこくはく》しちゃうところだったんだ、美織《みおり》ちゃんは」

「……す、すみません……っ」

いたたまれない、といった様子《ようす》で頭《あたま》を床《ゆか》につける勢《いきお》いで下《さ》げる美織《みおり》。

僕《ぼく》らの前《まえ》には、蓮司《れんじ》さんが座《すわ》っていた。

美織《みおり》と付《つ》き合《あ》うことを報告《ほうこく》したら、急遽《きゅうきょ》、放課後《ほうかご》に蓮司《れんじ》さんが僕《ぼく》の部屋《へや》に話《はな》しに来《く》ることになったのだ。

れんれんに会《あ》えるのっ⁉　と美織《みおり》は喜《よろこ》ぶかと思《おも》いきや、お説教《せっきょう》をくらうと察《さっ》してか、ずっとしおらしくしている。

また、釘《くぎ》をさしに来《き》たのだろうか？

すかさず、僕《ぼく》は言《い》い返《かえ》してしまう。

「元《もと》はといえば、蓮司《れんじ》さんが僕《ぼく》のスマホを間違《まちが》えて持《も》っていっちゃったのが原因《げんいん》なんすからね。

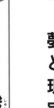

美織《みおり》からの連絡《れんらく》に気《き》づいていれば、僕《ぼく》ももうちょっとこう……冷静《れいせい》になれたというか……」

「いーや、関係《かんけい》ないね。俊《しゅん》の溺愛《できあい》っぷりを見《み》てたら、いつかこいつやらかすなー、とは思《おも》ってたよ」

腕組《うでぐ》みをし、強《つよ》い口調《くちょう》で言《い》う蓮司《れんじ》さん。

……やらかすって……。

僕《ぼく》と美織《みおり》がなにも言《い》えずに黙《だま》っていると、ぶふっ、と蓮司《れんじ》さんは突然《とつぜん》笑《わら》いだす。

「いやぁ、それにしても青春《せいしゅん》だねぇー」

ニヤニヤと口元《くちもと》がゆるんでいる。サングラス越《ご》しでも、目《め》を細《ほそ》めているのがわかった。

「まぁ、プライベートなことには口出《くちだ》さないって決《き》めたし、美織《みおり》ちゃんと同《おな》じ学校《がっこう》に通《かよ》うのを後押《あとお》ししたのも俺《おれ》だから……文句《もんく》は言《い》えないんだけどさ」

二拍《にはく》ほど置《お》くと、蓮司《れんじ》さんは口角《こうかく》を下《さ》げ、少《すこ》し低《ひく》いトーンで言《い》う。

「……動画《どうが》とか、撮《と》られてないよね？」

「は、はい……っ。うちの学校《がっこう》は、スマホの持《も》ちこみは禁止《きんし》なので……」

「それでも、持《も》ちこんだりしてる奴《やつ》いない？　俺《おれ》は持《も》ちこんでたよ」

「蓮司《れんじ》さんが思《おも》っているより、今《いま》の子《こ》は真面目《まじめ》なんで」

あっそう、と蓮司《れんじ》さんは頭《あたま》をかく。

それから、美織《みおり》の方《ほう》を見《み》て、ゆっくりと口《くち》を開《ひら》いた。

「まぁ、告白《こくはく》する前《まえ》に俊《しゅん》が止《と》めてくれたから、大事《おおごと》にはならないと思《おも》うけど……。今《いま》は、俊《しゅん》にとってもグループにとっても大事《だいじ》な時期《じき》だからさ。美織《みおり》ちゃんには、アイドルと付《つ》き合《あ》ってるっていう自覚《じかく》は持《も》ってほしいな」

「……はい」

小《ちい》さな声《こえ》で返事《へんじ》をし、さらに俯《うつむ》いてしまう美織《みおり》。

けど、すぐに顔《かお》を上《あ》げると、蓮司《れんじ》さんの目《め》をまっすぐに見《み》た。

どこまでも透《す》きとおる、凛《りん》とした瞳《ひとみ》で。

それは、僕《ぼく》の大好《だいす》きな美織《みおり》の目《め》だった。

「でも、俊《しゅん》は俊《しゅん》です。私《わたし》にとって、唯一《ゆいいつ》で大事《だいじ》な……大好《だいす》きな幼《おさな》なじみです。それは、ずっと変《か》わりませんから」

訴《うった》えるように言《い》う美織《みおり》に、蓮司《れんじ》さんは頷《うなず》くと「そこは好《す》きにしたらいいんだよ、楽《たの》しんで」と優《やさ》しく言《い》った。

そして、マンションのエントランスまで蓮司《れんじ》さんを見送《みおく》る。

美織《みおり》には、部屋《へや》で待《ま》っていてほしいと伝《つた》えた。

「なかなか良《よ》い子《こ》を好《す》きになったじゃん、俊《しゅん》」

「……でしょう？」

蓮司《れんじ》さんに、歌《うた》やダンスのこと以外《いがい》で褒《ほ》められるのは新鮮《しんせん》だ。

照《て》れてしまっていると、蓮司《れんじ》さんに頭《あたま》をガシガシッと撫《な》でられる。……髪《かみ》の毛《け》、めっちゃ崩《くず》れたんだけど……。

「来月《らいげつ》の初《はつ》コンサート、絶対《ぜったい》に成功《せいこう》させような」

「はいっ！　させてみせます！」

固《かた》く拳《こぶし》を突《つ》き合《あ》わせ、僕《ぼく》らはその場《ば》で別《わか》れた。

……蓮司《れんじ》さんには、認《みと》めてもらえたけど……。

世間《せけん》には公表《こうひょう》してはいけないんだよな。

当然《とうぜん》だけど……そんな事実《じじつ》が、どうしようもなく息《いき》をつまらせてくる。


部屋《へや》に戻《もど》ると、美織《みおり》はソファで三角座《さんかくずわ》りをし、小《ちい》さくなっていた。

「……私《わたし》、れんれんに失礼《しつれい》なこと言《い》っちゃったかも……」

どうやら、ものすごく反省《はんせい》しているようだ。

僕《ぼく》は隣《となり》に腰掛《こしか》け、そっと肩《かた》を抱《だ》き寄《よ》せる。

「大丈夫《だいじょうぶ》。美織《みおり》は、なにも気《き》にしなくていいから。なにかあったら、それは全部《ぜんぶ》僕《ぼく》の責任《せきにん》だから」

言《い》うと、「……俊《しゅん》」と美織《みおり》はうるうるとした瞳《ひとみ》でこちらを見《み》る。

……可愛《かわい》すぎんだろ、まったく。

僕《ぼく》は頰《ほお》をゆるめたまま、耳元《みみもと》で囁《ささや》く。

「だから美織《みおり》は、ただずっと、こうやって僕《ぼく》のそばにいて？」

美織《みおり》は、静《しず》かに頭《あたま》を縦《たて》に振《ふ》ってくれた。

それから、真剣《しんけん》な顔《かお》でぼそっと呟《つぶや》く。

「……私《わたし》、もっと強《つよ》くなるから」

もう、十分強《じゅうぶんつよ》いよ。

そう言《い》おうと思《おも》ったけど……くすり、と笑《わら》ってしまった。

「美織《みおり》って、けっこう弱虫《よわむし》なとこあるもんね」

「うるさい……」

美織《みおり》が、僕《ぼく》の胸《むね》のなかに顔《かお》を埋《うず》めてくる。

……あぁ。嬉《うれ》しくて、心臓《しんぞう》が止《と》まりそうだ。

美織《みおり》の体温《たいおん》が、身体《からだ》に染《し》み渡《わた》っていくよう。

僕《ぼく》は心音《しんおん》を聞《き》かれる恥《は》ずかしさも気《き》にとめず、美織《みおり》の背中《せなか》に腕《うで》をまわす。

ずっとずっと、こうやって、美織《みおり》の心《こころ》ごと包《つつ》みこみたかった。

本当《ほんとう》に、夢見《ゆめみ》てるみたいだ。


「……なんで、一緒《いっしょ》に登校《とうこう》しちゃダメなの？」

俊《しゅん》が、捨《す》てられた子犬《こいぬ》みたいな瞳《ひとみ》で見《み》つめてくる。

うっ……。

そんな上目《うわめ》づかいしないでよ……。

「だって、れんれんにも言《い》われたでしょ？　気《き》をつけないと……距離《きょり》をとるまではいかなくても、できるだけ人目《ひとめ》につかないところで接《せっ》したほうが……」

「そんなのさ、今《いま》さらじゃない？　ずっと一緒《いっしょ》にいたじゃん」

「……それは、ただの幼《おさな》なじみだったから。もう、違《ちが》うんだし」

言《い》うと、俊《しゅん》の口角《こうかく》がゆるやかに上《あ》がる。

「違《ちが》うって？」

今度《こんど》は、期待《きたい》した目《め》をこちらに向《む》けてくる。

……もう、可愛《かわい》いなぁ……。

「だ、だから、付《つ》き合《あ》ってるでしょ？」

つい目《め》をそらしながら言《い》うと、俊《しゅん》は、満足《まんぞく》そうにふふっと声《こえ》をもらす。

けど、すぐに唇《くちびる》を尖《とが》らせ、私《わたし》の手《て》をにぎにぎとしてきた。

「だったらさ、なんなの？　別《べつ》に、恋人《こいびと》つなぎしたりしないよ？」

「……もう、校内《こうない》では付《つ》き合《あ》ってること知《し》られてると思《おも》うけど、全力《ぜんりょく》で否定《ひてい》していこうと思《おも》うから」

「……なんで？」

「その方《ほう》が、いいでしょ？　大丈夫《だいじょうぶ》。私《わたし》、強《つよ》くなるって言《い》ったじゃん」

まっすぐ目《め》を見《み》て言《い》うと、俊《しゅん》もこちらをじっと見《み》つめてきた。そのうち、「わかった」と小《ちい》さく頷《うなず》いてくれる。

それから、私《わたし》の頬《ほお》を両手《りょうて》で包《つつ》むと、至近距離《しきんきょり》でこんなことを言《い》う。

「じゃあ、いま百回《ひゃっかい》好《す》きって言《い》って？　そしたら許《ゆる》してあげる」

「っ！」

熱《あつ》くなってきて、俊《しゅん》の手《て》を掴《つか》んではがそうとするけど、当然《とうぜん》びくともしなかった。

目《め》を瞑《つむ》り、必死《ひっし》に抗議《こうぎ》する。

「……わ、私《わたし》だけ……そんな、ズルいよ！」

俊《しゅん》は、私《わたし》の頬《ほお》をもみながらまた声《こえ》をもらす。

「わかった。仕方《しかた》ないから、二人《ふたり》で百回《ひゃっかい》ね」

もう、諦《あきら》めるしかなさそうだった。

私《わたし》は、ゆっくりと目《め》を開《あ》けると、ぼそぼそと言《い》う。

「……す、き」

「ちゃんと目見《めみ》て言《い》ってくださーい」

「もうっ、好《す》きだって言《い》ってるじゃん！」

つい大《おお》きな声《こえ》を出《だ》してしまうと、ぷふっ、と吹《ふ》き出《だ》す俊《しゅん》。

けど、一瞬《いっしゅん》にしてこちらに完璧《かんぺき》な笑顔《えがお》を向《む》ける。

「僕《ぼく》も好《す》き」

心臓《しんぞう》がバクバクと音《おと》を立《た》て、言葉《ことば》につまってしまう私《わたし》に、俊《しゅん》は容赦《ようしゃ》なく言葉《ことば》を重《かさ》ねる。

「はい、あと九十八回《きゅうじゅうはちかい》ね」

……も、もう……っ。

勘弁《かんべん》して～～っ!!

そして、その日《ひ》は言《い》わずもがな、お泊《と》まりしたのだった。

ドキドキしすぎて、よく眠《ねむ》れなかった……。

次《つぎ》の日《ひ》。

私《わたし》はひとり、眠《ねむ》い目《め》をこすりながら登校《とうこう》していた。

ちなみに、俊《しゅん》は今日《きょう》はお休《やす》みだ。仕事《しごと》の都合《つごう》らしい。……まぁ、コンサートも近《ちか》いもんね。

教室《きょうしつ》に入《はい》ると、意外《いがい》にも女《おんな》の子《こ》たちからは問《と》い詰《つ》められなかった。けど、ちくちくとした視《し》線《せん》は感《かん》じるし、こちらを見《み》てなにかを言《い》っているのもわかる。

なんとなく居心地《いごこち》の悪《わる》さを感《かん》じつつ、席《せき》に座《すわ》ると、名前《なまえ》も知《し》らない男子《だんし》から話《はな》しかけられた。

「なぁ。花垣《はながき》って、鈴木《すずき》と付《つ》き合《あ》ってんの？」

聞《き》かれ、私《わたし》はすぐに答《こた》えようとするけど……。

いざ言《い》おうとすると、胸《むね》がきゅうっと締《し》まり、苦《くる》しくてしょうがなくなる。

「……付《つ》き合《あ》ってないよ」

えっ！　という女《おんな》の子《こ》の嬉《うれ》しそうな声《こえ》が耳《みみ》に入《はい》ってくる。

「あれ？　なんか昨日《きのう》――」

「とにかくっ！　そういうのは、もうやめとこうってなったから！」

強《つよ》めに言《い》いきると、あっそうなんだ……と静《しず》かに引《ひ》き下《さ》がってくれた。

それからは、誰《だれ》も私《わたし》には聞《き》いてこなくなった。

……はぁ、とひとり深《ふか》いため息《いき》をつく。

わかってはいたけど……けっこう辛《つら》いなぁ、これ。

俊《しゅん》とはもう、デートしたりもできないのかな？　まぁ、変装《へんそう》したらいけそうだけど……。

やっぱり、もっと堂々《どうどう》と付《つ》き合《あ》っていたいよ。

そんな叶《かな》わぬ願《ねが》いは、心《こころ》の奥底《おくそこ》にしまっておくしかない。

屋上《おくじょう》で想《おも》いを伝《つた》え合《あ》った日《ひ》が、ひどく遠《とお》いことのように感《かん》じた。


それからも、私《わたし》は俊《しゅん》のことを避《さ》け続《つづ》けた。

付《つ》き合《あ》いたてで浮《う》かれてしまいそうになる度《たび》に、自分《じぶん》に言《い》い聞《き》かせる。

初《はつ》コンサートが迫《せま》っているんだから、彼女《かのじょ》なら我慢《がまん》しなきゃいけないでしょ、って。

こんなところで、迷惑《めいわく》をかけている場合《ばあい》じゃない。

だから、校内《こうない》で俊《しゅん》に会《あ》っても、目《め》すら合《あ》わせなかった。

俊《しゅん》がどう思《おも》っているのかも、表情《ひょうじょう》を見《み》ていないからわからない。

だけど、今《いま》までだって俊《しゅん》のために行動《こうどう》してきたし。きっと、伝《つた》わっているはず……。

そう思《おも》いつつも、不安《ふあん》で……不満《ふまん》で、仕方《しかた》がない。

矛盾《むじゅん》した思《おも》いを抱《かか》えつつ、ひとりで旧校舎裏《きゅうこうしゃうら》の茂《しげ》みに潜《ひそ》んでいた。

お昼休《ひるやす》みになったら、俊《しゅん》が私《わたし》に近《ちか》づいてきたから。急《いそ》いで、教室《きょうしつ》を出《で》ていってしまったんだよね……。

今頃《いまごろ》、探《さが》してたりして——

「……美織《みおり》」

「わっ、俊《しゅん》っ!!　びっくりしたぁ」

突然《とつぜん》上《うえ》から覗《のぞ》きこまれ、尻《しり》もちをついてしまう。

俊《しゅん》は、じっ、とこちらを見《み》つめてきていた。

……拗《す》ねているわんこの顔《かお》だ。

「そんなあからさまに避《さ》けられたら……さすがに傷《きず》つく」

うっ、と私《わたし》は目《め》をそらしてしまう。

「……ご、ごめん。そうだよね」

すると、俊《しゅん》は軽《かる》い足取《あしど》りで隣《となり》に来《き》て、私《わたし》と同《おな》じようにしゃがみこむ。

膝《ひざ》を抱《かか》え、乱《みだ》れた前髪《まえがみ》の隙間《すきま》から、くりっとした可愛《かわい》い瞳《ひとみ》で見上《みあ》げてきた。

「いま、めちゃくちゃ我慢《がまん》してる。抱《だ》きしめるの」

甘《あま》えた声《こえ》に、さらに胸《むね》がとくんと高鳴《たかな》る。

「……っ、学校《がっこう》とか、みんながいるところじゃなければ……」

私《わたし》も俊《しゅん》に触《ふ》れたいよ。

でも、彼女《かのじょ》ってだけで十分《じゅうぶん》だもん……。

そう思《おも》いつつも、手《て》が伸《の》びてしまいそうになり目《め》を瞑《つむ》る私《わたし》に、俊《しゅん》は優《やさ》しく声《こえ》をかけてくる。

「スタジオとかならいいってこと？」

「へ？」

「実《じつ》は……ちょっと、また相談《そうだん》したいことがあって」

眉《まゆ》を下《さ》げる俊《しゅん》に、私《わたし》は深《ふか》く頷《うなず》いた。


そして、放課後《ほうかご》。

私《わたし》が歌《うた》のアドバイスをしたスタジオで、再《ふたた》び二人《ふたり》きりになる。

「ファンサの練習《れんしゅう》をしたい？」

聞《き》くと、俊《しゅん》はこくこくと頷《うなず》く。

肩《かた》を落《お》とし、小《ちい》さな声《こえ》で話《はな》しだした。

「……蓮司《れんじ》さんに、いつもワンパターンだとか言《い》われちゃってさ」

暗《くら》い顔《かお》をして俯《うつむ》く俊《しゅん》に、私《わたし》は笑顔《えがお》で声《こえ》をかける。

「一回《いっかい》見《み》せてよっ！」

すると、俊《しゅん》は両手《りょうて》で頬《ほお》を叩《たた》き、なにやらしばらく黙《だま》りこんだ。

不思議《ふしぎ》に思《おも》っていると、パッと顔《かお》を上《あ》げる。

瞬間《しゅんかん》、輝《かがや》いた瞳《ひとみ》に照《て》らされた。

隙《すき》のないキラッキラの笑顔《えがお》に、目眩《めまい》がしそうになる。

……アイドルの、俊《しゅん》だ。

ウインクをして投《な》げキッスをしたり、全力《ぜんりょく》で手《て》を振《ふ》ったり、まっすぐ指《ゆび》さしてきたり……。

「カッコイイ……」

思《おも》わず、そう口《くち》からこぼれていた。

確《たし》かに、なんてことない動作《どうさ》だけれど……。

目《め》の前《まえ》にいるのは、まさに女《おんな》の子《こ》が夢見《ゆめみ》る王子《おうじ》のように綺麗《きれい》で、だけどちゃんと心《こころ》から笑《わら》っているのがわかる、完璧《かんぺき》であたたかい笑顔《えがお》の俊《しゅん》。

表情《ひょうじょう》一《ひと》つから、どれだけ努力《どりょく》を重《かさ》ねてきたのかがうかがえる。

……これは、センターにくらい、なるよね。

改《あらた》めて、心《こころ》から納得《なっとく》できたのだった。

「……どう、かな？」

頼《たよ》りなさげに頭《あたま》を傾《かたむ》ける俊《しゅん》。

不安《ふあん》げな表情《ひょうじょう》に戻《もど》って見《み》つめてくるから、励《はげ》ますように親指《おやゆび》を立《た》てた。

「笑顔《えがお》は完璧《かんぺき》だよ！　ワンパターンっていうのは、動作《どうさ》のことだよね？　そうだなぁ……例《たと》えば、俊《しゅん》だけのポーズを作《つく》ってみるとか？」

「僕《ぼく》だけのポーズ？」

「そう！　例《たと》えば……わ、わんこのポーズとか」

適当《てきとう》に、いま頭《あたま》に思《おも》い浮《う》かんできたことを言《い》ってしまう私《わたし》。

だけど、俊《しゅん》はすごく真面目《まじめ》に捉《とら》えたようで。

しばらく唸《うな》って考《かんが》えこむと、またこちらを見《み》つめてきた。

「……こう？」

両拳《りょうこぶし》を顎《あご》に当《あ》て、困《こま》り顔《がお》でウインクする俊《しゅん》。

……あ、あざといっっ!!

俊《しゅん》にしか許《ゆる》されないポーズ……っっ!!

「拾《ひろ》ってくださーい」

「ぜひ!!」

「えっ？　あれ……美織《みおり》、なんで鼻《はな》おさえてるの？」

「……血《ち》、出《で》てくるんじゃないかと思《おも》って」

ぶっ、と俊《しゅん》は吹《ふ》き出《だ》した。

「そっかぁ。美織《みおり》は、可愛《かわい》い僕《ぼく》が好《す》きなんだね」

ニヤニヤとして、頭《あたま》を撫《な》でてくる俊《しゅん》。

そんな俊《しゅん》を見上《みあ》げ、つい、睨《にら》みつけてしまう。

「……違《ちが》うよ」

「え？」

「どんな俊《しゅん》も……だ、大好《だいす》きだし」

ぎゅうーっ、と力《ちから》いっぱい抱《だ》きしめられる。

相変《あいか》わらず重《おも》くて、苦《くる》しくて……あたたかい。

あぁ、そう。これこれ、と安心《あんしん》して肩《かた》の力《ちから》が抜《ぬ》ける。

ようやく存分《ぞんぶん》に俊《しゅん》を感《かん》じられ、その日一番《ひいちばん》の笑《え》みがこぼれたのだった。

「……俊《しゅん》。初《はつ》コンサート、応援《おうえん》してるね」

背中《せなか》にまわした手《て》に力《ちから》をこめると、耳元《みみもと》で「うん……」と声《こえ》がする。

すがるように、私《わたし》を離《はな》さない俊《しゅん》。

「もう、今《いま》から緊張《きんちょう》する……」

弱々《よわよわ》しい声《こえ》をこぼすから、大丈夫《だいじょうぶ》、と私《わたし》は背中《せなか》をポンポンと叩《たた》く。

……こうしていると、小《ちい》さい頃《ころ》を思《おも》い出《だ》すなぁ。

やっぱり、俊《しゅん》は俊《しゅん》だ。

「世界一《せかいいち》カッコイイ俊《しゅん》のこと、みーんな大好《だいす》きなんだからね！　完璧《かんぺき》にやろうなんて、思《おも》い詰《つ》めなくていいから。とにかく、会場《かいじょう》の誰《だれ》よりも楽《たの》しんできて！」

言《い》うと、俊《しゅん》は「そうだね」とあたたかい息《いき》をもらす。

「僕《ぼく》が、一番楽《いちばんたの》しまないとね」

「うん。その調子《ちょうし》――痛《いた》い痛《いた》い」

抱《だ》きしめる力《ちから》が強《つよ》まりすぎて、さすがに抵抗《ていこう》する。

いったん離《はな》してくれた俊《しゅん》は、私《わたし》の目《め》をまっすぐに見《み》て、自然《しぜん》な笑顔《えがお》を浮《う》かべた。

「ありがとう、美織《みおり》。世界一大好《せかいいちだいす》きな、自慢《じまん》の彼女《かのじょ》だよ」

照《て》れた顔《かお》を隠《かく》すように、私《わたし》はまた、俊《しゅん》の胸《むね》に顔《かお》を埋《うず》めるのだった。

九話《きゅうわ》　遊園地《ゆうえんち》でコスプレデート!?

「じゃーんっっ!!」

昼下《ひるさ》がりの教室《きょうしつ》。俊《しゅん》がコンサートのために休《やす》みがちになっていることを嘆《なげ》く声《こえ》が聞《き》こえてくるなか、凪咲《なぎさ》がなにやら二枚《にまい》の紙《かみ》を扇子《せんす》のように持《も》ち、こちらに見《み》せてくる。

「こっれっはぁ〜、なんとっ!!　遊園地《ゆうえんち》のプライベートパーティーのチケットですっっ!!」

「……プライベートパーティー?」

聞《き》くと、「そうっ!」と凪咲《なぎさ》は満面《まんめん》の笑《え》みで頷《うなず》いた。

「つまりぃ〜、貸《か》し切《き》りってこと!!」

「ええっ!　すごい……またお父《とう》さんが取《と》ってくれたの?」

「そうなの〜。今朝《けさ》、お父様《とうさま》がいきなり渡《わた》してきてぇ。久《ひさ》しぶりに家族《かぞく》で行《い》こうか、って」

凪咲《なぎさ》のお父《とう》さんは、国内有数《こくないゆうすう》の大企業《だいきぎょう》・小鳥遊製菓《たかなしせいか》の社長《しゃちょう》。

そう。実《じつ》は凪咲《なぎさ》は、れっきとした社長令嬢《しゃちょうれいじょう》なんだ。

「いいなぁ。私《わたし》も貸《か》し切《き》りとかしてみたい」

そう呟《つぶや》くと、なぜかニヤリと目《め》を細《ほそ》める凪咲《なぎさ》。

それから、どこかワザとらしくため息《いき》をつき、髪《かみ》の毛《け》を人差《ひとさ》し指《ゆび》でくるくると巻《ま》きながら言《い》う。

「でもぉ……正直《しょうじき》、飽《あ》きちゃったんだよね～」

「えっ？　そうなの？」

「だから～、クルージングすることになったんだけどぉ、私《わたし》、閃《ひらめ》いちゃってて っ‼」

「閃《ひらめ》いた……？」

聞《き》くと、待《ま》ってましたと言《い》わんばかりに凪咲《なぎさ》はずいっと前《まえ》のめりになり、頬《ほお》を赤《あか》らめる。

「せっかくチケット取《と》ってくれたしぃ、みおりんと俊《しゅん》くんにあげちゃお～って！」

「えぇっ⁉」

予想外《よそうがい》の提案《ていあん》に、つい顔《かお》の前《まえ》で手《て》をぶんぶんと振《ふ》ってしまう。

「そんな、悪《わる》いよっ」

「いやいや、ほんっと気《き》にしないでぇ！」

凪咲《なぎさ》は、私《わたし》の手《て》を両手《りょうて》でしっかり包《つつ》みこむと、眉《まゆ》を八《はち》の字《じ》にする。

「実《じつ》はぁ、すっごく心配《しんぱい》してたんだよね～。付《つ》き合《あ》ってること、言《い》っちゃいけないのはわかるけどぉ……。ほらぁ、校内《こうない》ではいっつも変装《へんそう》してるらしいし、外歩《そとある》くときは、もっと身《み》を隠《かく》してるんじゃないっ？　だとしたら、みおりんはこのまま一生《いっしょう》、俊《しゅん》くんと一緒《いっしょ》に堂々《どうどう》とデートできない！　ってことでしょ～⁉　……そんなの、超悲《ちょうかな》しくない……？」

凪咲《なぎさ》の辛《つら》そうな瞳《ひとみ》に、こちらまでうるっとくる。

そこまで、考《かんが》えてくれてたんだ……。

「だからぁ、一日《いちにち》だけだけど、二人《ふたり》でパァーっと遊《あそ》んできてよぉ～っ！　親友《しんゆう》からのお願《ねが》いだと思《おも》って、ねっ？」

……あぁ。本当《ほんとう》に、私《わたし》は恵《めぐ》まれすぎている。

優《やさ》しさが身《み》にしみて、つい涙《なみだ》がこぼれてしまった。

びっくりする凪咲《なぎさ》のあたたかい手《て》を握《にぎ》り返《かえ》すと、私《わたし》は笑顔《えがお》で頷《うなず》く。

「ありがとう、凪咲《なぎさ》……。どんなお返《かえ》ししたらいいのか……」

「もうっ。そんなのいいから、思《おも》いっきり惚気話《のろけばなし》聞《き》かせてぇ～っ！　楽《たの》しみにしてるっ」

握手《あくしゅ》したまま、激《はげ》しく腕《うで》を振《ふ》ってくる凪咲《なぎさ》。

腕《うで》が取《と》れるんじゃないかと思《おも》ったところで、教室《きょうしつ》にチャイムが鳴《な》り響《ひび》く。

「あっ、じゃあ、俊《しゅん》くんによろしくね～っ‼」

パチッと綺麗《きれい》なウインクを決《き》め、凪咲《なぎさ》は軽《かる》くスキップしながら自席《じせき》に戻《もど》っていった。

……俊《しゅん》と……遊園地《ゆうえんち》で貸《か》し切《き》りデート……。

しばらくボーッとしてしまう私《わたし》。けど、すぐにハッとして、凪咲《なぎさ》にもらったチケットを見《み》る。

……今週《こんしゅう》の日曜日《にちようび》!?　空《あ》いてるのかな……初《はつ》のコンサートが迫《せま》ってるって聞《き》いたけど……。

とりあえず、帰《かえ》ったら電話《でんわ》してみよう。


夜《よる》にさっそく連絡《れんらく》してみると、俊《しゅん》は「うーん……」と唸《うな》りだした。

「……貸《か》し切《き》り、かぁ……。なるほどね」

「あっ、嫌《いや》だったら無理《むり》に行《い》かなくてもいいよ？　急《きゅう》な話《はなし》だと思《おも》うし……」

私《わたし》があわてて言《い》うと、俊《しゅん》は落《お》ち着《つ》いた声《こえ》で「いや……」と話《はな》しだす。

「普通《ふつう》にデートするのも心配《しんぱい》だけど、これはこれで不安《ふあん》だなぁ、と思《おも》って」

「どうして？」

「美織《みおり》の可愛《かわい》い顔《かお》を他《ほか》の奴《やつ》らに見《み》せたくないんだけど、独《ひと》り占《じ》めしたらしたで、僕《ぼく》の心臓《しんぞう》がもつのかなって」

……なっ!?　なにを真面目《まじめ》なトーンで……っ！

と思《おも》いつつも、ドキッと高鳴《たかな》ってしまう心臓《しんぞう》。

「だっ、大丈夫《だいじょうぶ》だよ……っ、というか、私《わたし》の方《ほう》が心配《しんぱい》だよ……」

言《い》ってしまい、ハッとする。

わ、私《わたし》こそなにを言《い》おうと……っ!?

「あぁ、僕《ぼく》がイケメンすぎて心配《しんぱい》なんだ？」

すかさず冗談《じょうだん》っぽく言《い》う俊《しゅん》。

けど、私《わたし》は唇《くちびる》をきゅっと引《ひ》き締《し》め、つい「そうだよ」と返《かえ》してしまう。

……本当《ほんとう》は、独《ひと》り占《じ》めしたかったんだよ。許《ゆる》されることなら……。

「どんどんカッコよくなってくから……不安《ふあん》で仕方《しかた》ないのっ！」

思《おも》いきって本音《ほんね》を言《い》うと、スマホの向《む》こうからなにも音《おと》がしなくなった。

……あっ、あれ？　切《き》れちゃった⁉

「もしもしっ⁉」

「あ、ごめん。なんか……推《お》しから好《す》かれるのって、こんなに嬉《うれ》しいことなんだなって改《あらた》めて思《おも》って」

「へ？　推《お》し？」

「ううん、なんでもない。軽《かる》くキュン死《し》しそうになっただけだから……。日曜日《にちようび》、楽《たの》しみにしてるね」

「キュン……？　う、うん。私《わたし》も楽《たの》しみにしてる！」

あぁ、声《こえ》を聞《き》いたら、すぐに会《あ》いたくなってくる。

いま、どんな顔《かお》をしているんだろう？

毎日《まいにち》、こうやって俊《しゅん》のことを考《かんが》えてばっかりだ。

それから、今日《きょう》あったことを他《ほか》にも話《はな》して、一時間《いちじかん》くらい経《た》っていた。

俊《しゅん》は明日《あした》も早《はや》いらしいから、私《わたし》から切《き》り上《あ》げることにする。

「じゃあ、そろそろ寝《ね》ようかな。風邪《かぜ》ひかないようにね！」

「……ぷふっ。お母《かあ》さん、みたい」

「なんだって？」

「うそうそ。……今日《きょう》は美織《みおり》からカッコイイって言《い》ってもらえたし、気持《きも》ちよく眠《ねむ》れそうだな」

「そ、それはよかった。……じゃあ、ね。おやすみ」

「おやすみ。大好《だいす》き」

「……わ、私《わたし》も大好《だいす》きだよ！　じゃあねっ」

照《て》れたのを隠《かく》したくて、すぐ切《き》ってしまう。

はぁ、と枕《まくら》に顔《かお》を埋《うず》めてじたばたともがく。

……俊《しゅん》の声《こえ》を聞《き》いただけで、身体《からだ》がぽかぽかとするなぁ。

今週《こんしゅう》の日曜日《にちようび》、すっごく楽《たの》しみだ。

そう思《おも》いながら眠《ねむ》りにつくと、夢《ゆめ》のなかで、王子様《おうじさま》の俊《しゅん》が登場《とうじょう》した。私《わたし》も、お姫様《ひめさま》みたいな格好《かっこう》をしていて……。目《め》が覚《さ》めたら、我《われ》ながらすごく恥《は》ずかしくなったけど、幸《しあわ》せな心地《ここち》はずっと続《つづ》いていた。

そして、当日《とうじつ》。

遊園地《ゆうえんち》の近《ちか》くの待《ま》ち合《あ》わせ場所《ばしょ》に行《い》くと、いかにも高級《こうきゅう》そうな黒《くろ》い車《くるま》がとまっていて、なかから見知《みし》った人《ひと》が出《で》てきた。

それは、凪咲《なぎさ》の家《いえ》の執事《しつじ》さんだった。

俊《しゅん》の姿《すがた》は、ない。

「お待《ま》ちしておりました、美織様《みおりさま》。凪咲《なぎさ》お嬢様《じょうさま》から話《はなし》は聞《き》いております」

「えっ？　えーっと……私《わたし》は、なにも聞《き》いていないのですが……」

「とりあえず、なかにお入《はい》りくださいませ。俊様《しゅんさま》は、別《べつ》の場所《ばしょ》でご準備《じゅんび》されています」

「へっ？　別《べつ》の場所《ばしょ》ってどういう──」

戸惑《とまど》う隙《すき》もなく、なかからメイドさんが何人《なんにん》も出《で》てきて、無理《むり》やり車内《しゃない》に押《お》しこまれてしまう。執事《しつじ》さんがドアの向《む》こうでお辞儀《じぎ》をすると、車内《しゃない》のカーテンがパッと閉《し》められた。

ゆ、誘拐《ゆうかい》……っ!?

と驚《おどろ》いたけど、そんなわけはなく。なかを見回《みまわ》すと、お姫様《ひめさま》のような衣装《いしょう》や飾《かざ》り、全身鏡《ぜんしんきょう》が用意《ようい》されていた。

メイドさんたちにされるがまま、衣装《いしょう》や飾《かざ》りを身《み》につけていく。

ふわふわな巻《ま》き髪《がみ》にもしてもらい、それだけで、一気《いっき》にお姫様《ひめさま》に近《ちか》づいたように感《かん》じた。

……すごい、魔法《まほう》みたいだ……。

これ、凪咲《なぎさ》が用意《ようい》してくれたサプライズだよね……？　本当《ほんとう》、何回《なんかい》ありがとうって言《い》っても足《た》りないよ。

思《おも》いっきり惚気話《のろけばなし》聞《き》かせて！　と言《い》った凪咲《なぎさ》の笑顔《えがお》を思《おも》い出《だ》す。

そうだよね……私《わたし》は、今《いま》すぐ同《おな》じようなお返《かえ》しなんてできないから。こんな素敵《すてき》な凪咲《なぎさ》が喜《よろこ》んでくれるくらいの、甘《あま》い話《はなし》をたっぷりとしよう。

だから……こ、こんなことで恥《は》ずかしがっている場合《ばあい》じゃない……っ!!

ドレスアップが完了《かんりょう》し、何度《なんど》も頭《あたま》を下《さ》げて車《くるま》から降《お》りるも、そわそわとして落《お》ち着《つ》かなくなってしまい、俯《うつむ》いてしまう。

これでもかというくらいフリフリで、お花《はな》が散《ち》りばめられたワンピースの裾《すそ》を揺《ゆ》らしながら、俊《しゅん》が待《ま》っているという園内《えんない》の噴水前《ふんすいまえ》に近《ちか》づいていく。

頭《あたま》につけているティアラも、大《おお》きなリボンも、似合《にあ》っているかな……。こんな格好《かっこう》したことないから不安《ふあん》だよ……。

熱《あつ》くなった顔《かお》を手《て》でパタパタと扇《あお》ぎながら、なんとか前《まえ》を向《む》いて噴水前《ふんすいまえ》に着《つ》いた。

けど、俊《しゅん》の姿《すがた》は見当《みあ》たらない。

あれ？　いったい、どこにいるの……。

そう思《おも》った途端《とたん》、グイッと急《きゅう》に後《うし》ろから右手《みぎて》を引《ひ》かれる。

「わっ……！」

「……行《い》くよ。美織《みおり》」

俊《しゅん》がいた。王子様《おうじさま》のような、後《うし》ろ姿《すがた》の。

どうしてか私《わたし》の手《て》を握《にぎ》ってずんずんと歩《ある》きだしていく俊《しゅん》に、焦《あせ》りながら声《こえ》をかける。

「へ？　あっ、ちょっと、どこ行《い》くの？」

「どこでも。とりあえず遠《とお》くに行《い》く」

「えぇ……？」

俊《しゅん》は、一瞬《いっしゅん》たりともこちらを向《む》いてくれない。

な、なんか怒《おこ》ってる……？

「俊《しゅん》っ、はやいよ……」

言《い》うと、俊《しゅん》は歩《ある》くのをやめ、やっとこちらを振《ふ》り向《む》いてくれた。

……って、んん？　なに、その顔《かお》……。

俊《しゅん》は、唇《くちびる》を尖《とが》らせて眉《まゆ》をひそめていた。

す、拗《す》ねてる……？

「なんでそんなに可愛《かわい》いの」

「……へ？」

「反則《はんそく》でしょ。普通《ふつう》に」

頬《ほお》を赤《あか》らめ、じいっとこちらを見《み》つめてくる俊《しゅん》。

綺麗《きれい》な瞳《ひとみ》に、吸《す》いこまれてしまいそうだった。

「……っ、その言葉《ことば》……そのまんまお返《かえ》しします」

私《わたし》も唇《くちびる》を尖《とが》らせて言《い》うと、俊《しゅん》は、ぷはっと吹《ふ》き出《だ》した。

二人《ふたり》で笑《わら》い、ゆっくりと抱《だ》きしめ合《あ》う。

「……そうだ。今日《きょう》、貸《か》し切《き》りだったわ。忘《わす》れてた」

俊《しゅん》は、自嘲気味《じちょうぎみ》に笑《わら》う。

どうやら、他《ほか》の人《ひと》に私《わたし》を見《み》せたくなかったらしい……。

「もうっ。転《こ》けちゃうかと思《おも》ったよ」

「ご、ごめんなさい……」

恥《は》ずかしそうに、白《しろ》い手袋《てぶくろ》をはめた指先《ゆびさき》で前髪《まえがみ》を整《ととの》える俊《しゅん》。

紺色《こんいろ》を基調《きちょう》とした服《ふく》、真《ま》っ白《しろ》なマント。きらびやかな王冠《おうかん》にヒラヒラな胸飾《むねかざ》り、腰《こし》にたずさえられた剣《けん》。どれもすごく馴染《なじ》んでいて、アニメの世界《せかい》からそのまま飛《と》び出《だ》してきたようだった。

「……すごい、本当《ほんとう》に、王子様《おうじさま》みたい……」

まじまじと見惚《みと》れていたら、俊《しゅん》はなぜか目《め》を丸《まる》くし、ぱっと両手《りょうて》をひろげてきた。

優《やさ》しく微笑《ほほえ》んで、甘《あま》い声《こえ》で囁《ささや》く。

「おいで。僕《ぼく》のお姫様《ひめさま》」

「……っ」

戸惑《とまど》いつつも、私《わたし》は、ゆっくりと俊《しゅん》の胸《むね》に顔《かお》を預《あず》けた。

ふっ、と俊《しゅん》の息《いき》が耳《みみ》にかかる。

「……可愛《かわい》い。このまま、連《つ》れ去《さ》っちゃおうかな」

背中《せなか》にまわされた手《て》に力《ちから》がこもる。

つ、連《つ》れ去《さ》るって……っ!?

どっくんどっくん、と心臓《しんぞう》の音《おと》が大《おお》きくなってきたところで、俊《しゅん》は私《わたし》から離《はな》れ、手《て》を差《さ》し出《だ》してくる。

そっと手《て》を重《かさ》ねると、満足《まんぞく》そうに笑《え》みをこぼす俊《しゅん》。

あたたかいつながりを感《かん》じながら、私《わたし》たちは堂々《どうどう》と園内《えんない》を歩《ある》き回《まわ》った。

本当《ほんとう》に、夢《ゆめ》のなかにいるみたいだ。


「きゃー！　これ、すっごい回《まわ》るよ！」

コーヒーカップに乗《の》り、真《ま》ん中《なか》の小さなテーブルをぐるぐると回《まわ》し続《つづ》ける私《わたし》。

陽気《ようき》な音楽《おんがく》とともに、私《わたし》たちを乗《の》せたカップも延々《えんえん》と回《まわ》り続《つづ》ける。

前《まえ》に座《すわ》っている俊《しゅん》は、最初《さいしょ》は微笑《ほほえ》んでくれていたけど、そのうち、「ちょっ……」と私《わたし》の手《て》を止《と》めてきた。

「あのさ、美織《みおり》。一回《いっかい》やめようか、酔《よ》う……」

「えぇ？　情《なさ》けないなぁーこれしきのことでっ」

完全《かんぜん》に浮《う》かれ、変《へん》なスイッチが入《はい》ってしまっていた。

昂《たかぶ》る気持《きも》ちのままに楽《たの》しんでいると、急《きゅう》に俊《しゅん》がガシッとテーブルを止《と》め、真顔《まがお》でこちらを見《み》つめてくる。

「あっ……」

にやり、と口角《こうかく》を上《あ》げる俊《しゅん》。

「やっと止《と》まった」

……び、びっくりしたぁ。怒《おこ》られるのかと思《おも》っちゃった。

あははっ、と俊《しゅん》は笑《わら》うと、私《わたし》の隣《となり》に来《き》てこちらに身体《からだ》を向《む》ける。

それから、ぎゅうっと両手《りょうて》を握《にぎ》ってきた。

「暴走《ぼうそう》するお姫様《ひめさま》には、恋人《こいびと》つなぎの刑《けい》です」

「つな……!!」

しっかりと、指《ゆび》が絡《から》められている。

にんまりとしてじっと見《み》つめてくる俊《しゅん》から、顔《かお》をそらすしかなかった。

「も、もう回《まわ》さないから……っ」

心臓《しんぞう》をバクバクとさせながら焦《あせ》って言《い》うと、俊《しゅん》は「じゃあ、片方《かたほう》だけ離《はな》してあげる」と言《い》って右手《みぎて》を解放《かいほう》してくれた。

私《わたし》たちは、ずーっと手《て》をつないだままコーヒーカップに揺《ゆ》られていた。

陽気《ようき》な音楽《おんがく》は、まだ鳴《な》りやまない。

あぁ、もう。

今日《きょう》が終《お》わらなければいいのに……。

コーヒーカップから降《お》りた後《あと》は、二人《ふたり》でアイスクリームを手《て》にして園内《えんない》を歩《ある》く。

俊《しゅん》はバニラ味《あじ》で、私《わたし》は苺味《いちごあじ》。

相変《あいか》わらず指《ゆび》を絡《から》ませながら、リッチな口《くち》どけを堪能《たんのう》していた。

「それ、美味《おい》しそう。ひと口《くち》ちょーだい」

俊《しゅん》が、口《くち》をあーんと開《あ》けて私《わたし》のアイスクリームに近《ちか》づいてくる。

「だっ、だめ！　これは私《わたし》のだもん」

思《おも》わず、さっとアイスクリームを引《ひ》っこめてしまった。

あっ……。なんか、すっごい食《く》いしん坊《ぼう》みたいになっちゃった……。

いや、だって……か、間接《かんせつ》キス、なるし……。

すると、俊《しゅん》は「えー」と言《い》いつつも笑顔《えがお》のまま、自分《じぶん》の唇《くちびる》の端《はし》に人差《ひとさ》し指《ゆび》を当《あ》てる。

「美織《みおり》。ここについてるよ」

「えっ、やだ……」

あわてて拭《ぬぐ》おうとしたとき、俊《しゅん》の指《ゆび》が私《わたし》の唇《くちびる》の端《はし》に当《あ》たる。

それから、ペロリ。

俊《しゅん》は、自分《じぶん》の指《ゆび》についた苺《いちご》クリームをひと舐《な》めした。

「ん、美味《おい》しいね。こっちも」

「っ!!」

また、言葉《ことば》を発《はっ》することができなくなる私《わたし》。

顔《かお》が熱《あつ》くなる私《わたし》を見《み》て、満足《まんぞく》そうに上《うえ》から微笑《ほほえ》んでくる俊《しゅん》に、私《わたし》はムキになってしまう。

「な、ズルい！　私《わたし》も一口《ひとくち》！」

言《い》うと、俊《しゅん》は「いいよ？」となんのためらいもなくアイスクリームをこちらに向《む》けてくる。

「はい、あーん」

「……っ」

私《わたし》は、目《め》を瞑《つむ》ってかじりついた。

口《くち》のなかに広《ひろ》がるクリームは、やけに甘《あま》ったるくて。

はじめて、胸焼《むねや》けしたのだった。


気《き》がつけば、もう園内《えんない》は陽《ひ》の光《ひかり》でオレンジ色《いろ》に染《そ》まっていた。

最後《さいご》に……と、私《わたし》たちは観覧車《かんらんしゃ》に乗《の》る。

恋人《こいびと》つなぎをしていたからか、スタッフさんは私《わたし》たちを見《み》て「まぁ！」と満面《まんめん》の笑《え》みになり、こんなことを言《い》ってきた。

「頂上《ちょうじょう》でキスをしたカップルは、永遠《えいえん》に幸《しあわ》せになれるんですよっ」

透明《とうめい》なゴンドラのなか、俊《しゅん》と私《わたし》は向《む》かい合《あ》わせになって座《すわ》る。

しばらく、無言《むごん》でふたり見《み》つめ合《あ》う時間《じかん》が流《なが》れた。

俊《しゅん》の表情《ひょうじょう》はさっきまでと違《ちが》って硬《かた》く、明《あき》らかに緊張《きんちょう》しているようだった。

「……な、なんか言《い》ってよ……」

小《ちい》さな声《こえ》で言《い》うと、俊《しゅん》はおもむろに顔《かお》を背《そむ》ける。

えっ……む、無視《むし》された……!?

気《き》まずい時間《じかん》が流《なが》れ続《つづ》けるかと思《おも》いきや、俊《しゅん》は突然《とつぜん》立《た》ち上《あ》がり、小窓《こまど》を勢《いきお》いよく開《あ》けた。

びゅうっ、といきなり強《つよ》い風《かぜ》が吹《ふ》きこんでくる。

いつの間《ま》にか、随分《ずいぶん》と高《たか》くなっていたようで、眼下《がんか》には夕陽《ゆうひ》に照《て》らされた街並《まちな》みが広《ひろ》がっていた。

綺麗《きれい》だなぁ、と見入《みい》っていると、俊《しゅん》は思《おも》いきり息《いき》を吸《す》いこみ、街《まち》に向《む》かって叫《さけ》びだす。

「美織《みおり》──っ!!　好《す》きだ──っ!!」

「わっ、えっ、なに？　急《きゅう》に……」

こちらを向《む》いた俊《しゅん》は、にかっと爽《さわ》やかに笑《わら》う。

「……公衆《こうしゅう》の面前《めんぜん》では言《い》えないからさ、溜《た》まってたんだよ。あー！　超《ちょう》スッキリした！」

どかっ、と満足《まんぞく》そうに腰《こし》をおろす俊《しゅん》。

……そっか、そうなんだ……。

俊《しゅん》も、私《わたし》と同《おな》じように、不満《ふまん》を抱《かか》えつつも我慢《がまん》してくれていたんだね。

よしっ。と意気込《いきご》み、私《わたし》はさっと立《た》ち上《あ》がると、小窓《こまど》から思《おも》いっきり叫《さけ》んでやる。

「俊《しゅん》――っ!!　大好《だいす》きだよ――っ!!」

すると、俊《しゅん》もすぐに立《た》ち上《あ》がり、また叫《さけ》びだす。

「僕《ぼく》の方《ほう》が大好《だいす》き――っ!!」

「わ、私《わたし》の方《ほう》が……っ！　ゴホッゴホッ」

ぷっ、と俊《しゅん》は口《くち》に手《て》の甲《こう》を当《あ》てて笑《わら》う。

「喉弱《のどよわ》すぎ」

「うるさ……」

――そのとき。

唇《くちびる》が、ふさがれた。

目《め》の前《まえ》には、俊《しゅん》の綺麗《きれい》な顔《かお》。

ちょうど、頂上《ちょうじょう》に着《つ》いた頃《ころ》だった。

「これで僕《ぼく》らは、一生一緒《いっしょういっしょ》だね」

大《おお》きな瞳《ひとみ》に映《うつ》る、私《わたし》の顔《かお》。

もう、不平不満《ふへいふまん》なんて、なにひとつなかった。

「……うん」

静《しず》かに頷《うなず》くと、私《わたし》たちはもう一度《いちど》、ゆっくりとキスをした。

観覧車《かんらんしゃ》から降《お》りると、私《わたし》たちはモジモジとして手《て》もつなげないでいた。

目《め》を合《あ》わすこともなく、無言《むごん》の時間《じかん》が流《なが》れ続《つづ》ける。

さっきの後《あと》でこうなるのもわかるけど……っ!! 恥《は》ずかしさに耐《た》えきれなくなってきた私《わたし》は、むりやり口《くち》を開《ひら》く。

「あっ、あの……」「あのさ……」

すると、俊《しゅん》もなにか言《い》いたげにしていて、私《わたし》は両手《りょうて》で「ど、どうぞ」と俯《うつむ》きながら言《い》った。

「いや、美織《みおり》から言《い》ってよ。なに?」

「えっと、私《わたし》はその……き、今日《きょう》はありがとう、って言《い》おうと思《おも》っただけだから……」

なんとか目《め》を合《あ》わせて言《い》うと、俊《しゅん》は薔薇《ばら》のように頬《ほお》を染《そ》め、「こちらこそありがとう」と手《て》をつないできた。

うぅ……もう、心臓《しんぞう》がもたないよ……。

「また一緒《いっしょ》にデートしたいな」

「そう、だね……」

握《にぎ》る手《て》に力《ちから》をこめ、俯《うつむ》いてしまう俊《しゅん》。

「街《まち》で制服《せいふく》デートするの、夢《ゆめ》なんだけどなぁ」

ずきっ、と心《こころ》が痛《いた》んでしまう。

……夢《ゆめ》、かぁ。

私《わたし》たちには、そんな普通《ふつう》のことすら許《ゆる》されない。

「……そうだ！」

急《きゅう》にぱっと顔《かお》を上《あ》げる私《わたし》を、不思議《ふしぎ》そうに見《み》つめる俊《しゅん》。

「これから、お揃《そろ》いのもの買《か》いに行《い》かない？　ずっと、私《わたし》たちは一緒《いっしょ》だってわかるように……」

言《い》うと、「いいね」と俊《しゅん》はあたたかく微笑《ほほえ》んでくれた。


きらびやかなショップのなかに入《はい》ると、可愛《かわい》いクマやウサギのぬいぐるみたちが、こちらをつぶらな瞳《ひとみ》で見《み》つめていた。

ストラップがたくさん売《う》っているコーナーに行《い》くも、可愛《かわい》らしくて女《おんな》の子《こ》が身《み》につけそうなものばかりだった。

「うーん……どれにしよう？」

「なんでもいいよ。美織《みおり》が気《き》に入《い》ったもの買《か》いなよ」

と、俊《しゅん》は言《い》ってくれるものの、普段《ふだん》から身《み》につけていてほしいから、俊《しゅん》にも似合《にあ》うものを探《さが》したいんだよねぇ……。

なかなか決《き》められずに店内《てんない》を歩《ある》き回《まわ》っていると、俊《しゅん》はくすっと笑《わら》った。

「じゃあ、僕《ぼく》が欲《ほ》しいもの持《も》ってきていい？」

「うん、もちろん！」

ちょっとここで待《ま》ってて、と言《い》われ、私《わたし》は店内《てんない》の端《はし》の方《ほう》で大人《おとな》しくしておく。

しばらくすると、俊《しゅん》はショップの袋《ふくろ》を持《も》ってやってきた。

「はい、もう買《か》ったから。外《そと》で渡《わた》してもいい？」

「えっ⁉　か、買《か》ったの……⁉」

割《わ》り勘《かん》するよ！　と言《い》っても頑《かたく》なに断《ことわ》られ、私《わたし》はありがたくプレゼントしてもらうことにする。

これは絶対《ぜったい》に僕《ぼく》が買《か》いたいから、と……。

いったい、どんなのを買《か》ったんだろう？

俊《しゅん》のあとをついていくと、この遊園地《ゆうえんち》の一番《いちばん》のフォトスポットである、お城《しろ》の前《まえ》にやってきた。

辺《あた》りは暗《くら》くなりはじめ、ほのかにライトアップされている。

「美織《みおり》、目瞑《めつむ》って?」

言《い》われるがまま、私《わたし》は目《め》を瞑《つむ》る。

「はい。じゃあ、次《つぎ》は左手《ひだりて》を出《だ》して」

「……? こう?」

空《そら》に左手《ひだりて》を伸《の》ばすと、そっとあたたかい手《て》で包《つつ》みこまれる感覚《かんかく》がする。

なに? なにをしているの?

なんだかむず痒《がゆ》くなってきたところで……。

「もう目開《めあ》けていいよ」

俊《しゅん》の声《こえ》がして、左手《ひだりて》を見《み》ると、

「……指輪《ゆびわ》……?」

薬指《くすりゆび》に、キラキラと輝《かがや》くシルバーリングがはめられていた。

「これ、仮《かり》リングね」

「仮《かり》?」

「そう。結婚指輪《けっこんゆびわ》の」

言《い》って、自分《じぶん》の左手《ひだりて》にも同《おな》じリングをつけたのを、嬉《うれ》しそうに見《み》せる俊《しゅん》。

「まぁ、プロポーズするにもまだ早《はや》いし、仮《かり》の仮《かり》リングか」

ツーッ、と。

私《わたし》の頬《ほお》には、涙《なみだ》が流《なが》れてきていた。

「……っ、ぷ、プロポーズって……」

「結婚《けっこん》する、って約束《やくそく》したでしょ？」

それは、とても幼《おさな》い頃《ころ》の話《はなし》だった。

今《いま》の今《いま》までずっと、覚《おぼ》えてくれていたのかな？

私《わたし》は、鼻《はな》をすすりながら俊《しゅん》のことを見上《みあ》げる。

「……いい、の？　私《わたし》で……」

「うん、美織《みおり》がいい。美織《みおり》以外《いがい》、考《かんが》えられない」

俊《しゅん》は満面《まんめん》の笑《え》みで、優《やさ》しく私《わたし》を包《つつ》みこんでくれる。

「私《わたし》……俊《しゅん》のそばにいたら、迷惑《めいわく》かけちゃうことあるかも……」

「それでもいいよ。僕《ぼく》も、きっとたくさん、美織《みおり》に悲《かな》しい思《おも》いをさせてしまうかもしれないから……」

スーパーアイドルだからね、と俊《しゅん》は静《しず》かに言《い》った。

でも、とすぐにつけ足《た》す。

「美織《みおり》の目《め》に映《うつ》るのは、生涯《しょうがい》僕《ぼく》だけであってほしい。僕《ぼく》は、いろんな人《ひと》に大好《だいす》きだって言《い》うことをしていくけど、心《こころ》からそばにいてほしいのは、美織《みおり》だけだから。心《こころ》から……あっ、愛《あい》してる……から。だから、それだけはずっと、忘《わす》れないでいて?」

私《わたし》は、こくんっと頷《うなず》くと、笑顔《えがお》で言《い》った。

「はいっ。ずっと、なにがあっても大好《だいす》きだよっ」

きらびやかなお城《しろ》の前《まえ》、姫《ひめ》と王子《おうじ》の格好《かっこう》で。

私《わたし》たちは、堂々《どうどう》と周《まわ》りを気《き》にすることなく抱《だ》きしめ合《あ》い、三回目《さんかいめ》のキスをした。

十話《じゅうわ》　愛《いと》しい君《きみ》と、舞台裏《ぶたいうら》で

Top《トップ》-of《オブ》-King《キングス》3のコンサートまで、一週間《いっしゅうかん》を切《き》った頃《ころ》だった。

夜《よる》に俊《しゅん》から連絡《れんらく》があり、明日《あした》は学校《がっこう》で二人《ふたり》きりになりたい、絶対《ぜったい》に！　とのことだった。

なにかあったのか聞《き》くけど、俊《しゅん》は「心配《しんぱい》するようなことじゃないよ」とだけ言《い》って、深《ふか》くは話《はな》してくれなかった。ど、どうしたのだろう……？　と少《すこ》し不安《ふあん》になりながらも、私《わたし》は旧校舎《きゅうこうしゃ》裏《うら》の茂《しげ》みのなかでしゃがみこみ、ひとり俊《しゅん》のことを待《ま》つ。前《まえ》まで使《つか》っていた空《あ》き教室《きょうしつ》は、もう他《ほか》の人《ひと》たちが使《つか》いはじめているらしいから。

息《いき》をひそめてじっとしていると、突然《とつぜん》、後《うし》ろから両肩《りょうかた》をガシッと掴《つか》まれる。

「美織《みおり》っ！」

「きゃあっ！」

言《い》わずもがな、俊《しゅん》の仕業《しわざ》だった。

「もう！　ビックリしたぁ」

あははっ、と無邪気《むじゃき》に笑《わら》う俊《しゅん》。

……もう、大《おお》きい声出《こえだ》させてっ。誰《だれ》かに見《み》つかったらどうするのよ？

小言《こごと》はいったん胸《むね》のなかに留《と》め、私《わたし》は俊《しゅん》に落《お》ち着《つ》いて聞《き》く。

「……で、どうしたの？　こんなとこにまで呼《よ》び出《だ》して……」

すると、俊《しゅん》は静《しず》かに口角《こうかく》を上《あ》げ、ポケットのなかからなにやら紙切《かみき》れを取《と》り出《だ》して見《み》せる。

「じゃーんっ。これ、なんでしょう？」

「んん？」

そこには、Top-of-King3《トップオブキングス》のコンサート名《めい》と、見慣《みな》れない文字《もじ》……。

「……か、関係者席《かんけいしゃせき》……？」

「そう！　これは、あの大人気《だいにんき》アイドル・Top-of-King3《トップオブキングス》の初《はつ》コンサートの、特別席《とくべつせき》のチケットですっ！」

鼻《はな》を鳴《な》らし、ドヤ顔《がお》をする俊《しゅん》。

「えっ……!!　そっ、そんな、いいの……？」

「うん。というか、美織《みおり》……どうやってコンサート見《み》に来《く》るつもりだったの？」

「コンサートは、その……チケットとか取《と》ってなかったし、諦《あきら》めるしかないかなぁ、って……」

「いやいや、僕《ぼく》に言《い》ってよ！　彼女《かのじょ》なんだよ？」

さらっと「彼女《かのじょ》」なんて言《い》われ、胸《むね》が高鳴《たかな》ってしまう。

けど、私《わたし》はつい俯《うつむ》いて言《い》った。

「……彼女《かのじょ》だからこそ、だよ。そのくらい、我慢《がまん》しなきゃと思《おも》って……」

ちらり、と俊《しゅん》の顔《かお》を見《み》ると、すごく眉《まゆ》をひそめていた。

辛《つら》そうな顔《かお》をしている。

「……そんなこと言《い》わないでよ。僕《ぼく》は、美織《みおり》に一番《いちばん》カッコイイ姿《すがた》を見《み》てほしいから……。やっぱり、アイドルとしてステージに立《た》っている姿《すがた》を、生《なま》で見《み》てほしいんだ。……美織《みおり》がいると思《おも》ったら、余計頑張《よけいがんば》れるし」

そう言《い》われ、私《わたし》の胸《むね》のなかに立《た》ちこめていた霧《きり》が、どんどん晴《は》れていくようだった。

こくん、と深《ふか》く頷《うなず》く。

「わかった。じゃあ……、楽《たの》しみにしてるね！」

言《い》うと、俊《しゅん》はにひひっと笑《わら》った。

……あぁ、もう。本当《ほんとう》に可愛《かわい》いなぁ。

抱《だ》きしめたくなる衝動《しょうどう》に駆《か》られていると、女《おんな》の子《こ》たちの笑《わら》い声《ごえ》が聞《き》こえてくる。

私《わたし》たちのすぐそばまで、近《ちか》づいてきていた。

とっさに頭《あたま》を抱《かか》え、もっと隠《かく》れようとすると、俊《しゅん》が肩《かた》を抱《だ》き寄《よ》せてくる。

「きゃっ!?」

しーっ、と唇《くちびる》に人差《ひとさ》し指《ゆび》を当《あ》て、目《め》を細《ほそ》める俊《しゅん》。

バックバックと鳴《な》りだす心臓《しんぞう》。

どうしよう、俊《しゅん》に聞《き》こえちゃいそう……。

「ねぇ、そういえばTop-of-King3《トップオブキングス》の初《はつ》コンサート行《い》く？」

「私行《わたしい》くよ！」

「えーっ！　いいなぁ！　私《わたし》、ハズれちゃったんだよねぇ……倍率高《ばいりつたか》すぎ！」

ワイワイと盛《も》り上《あ》がりながら通《とお》り過《す》ぎていく女《おんな》の子《こ》たち。

ちょうどタイムリーな話題《わだい》だった。

「観客動員数《かんきゃくどういんすう》、ものすんごいよね。ツアーも始《はじ》まるらしいし」

「……ね。なんか、遠《とお》くに行《い》っちゃった感《かん》じがして寂《さび》しいよねー」

「わかるぅ～」

女《おんな》の子《こ》たちは、悲《かな》しみの声《こえ》を上《あ》げていた。

それを聞《き》き、俊《しゅん》は顎《あご》に手《て》を当《あ》てて深《ふか》く考《かんが》えこんでいるようだった。

……こうやって、生《なま》のファンの声《こえ》を聞《き》くのは、辛《つら》いときもあるよね……。

と、心配《しんぱい》して顔《かお》をうかがっていると、こちらに気《き》づいた俊《しゅん》は「ん？」と表情《ひょうじょう》を明《あか》るくする。

「どした？　キスする？」

「……っ!!　しっ、しませんっ!!」

ぐいーっと顔《かお》を手《て》で押《お》しのけると、俊《しゅん》はあははっと控《ひか》えめに笑《わら》った。

……もうっ。油断《ゆだん》したら、すぐにこれなんだから……っ！

side 俊《しゅん》

今日《きょう》は、待《ま》ちに待《ま》ったTop《トップ》-of《オブ》-King《キングス》3の初《はつ》コンサートの日《ひ》だ。

コンサート開始《かいし》まで、あと一時間《いちじかん》。

僕《ぼく》は、楽屋《がくや》で振《ふ》りの最終《さいしゅう》チェックをし、軽《かる》く歌《うた》って喉《のど》を慣《な》らしていた。

緊張《きんちょう》した面持《おもも》ちで身《み》なりを整《ととの》えつつ、スマホ画面《がめん》をこまめに点灯《てんとう》させる。

……美織《みおり》、もう着《つ》いたかな……。

関係者席《かんけいしゃせき》には裏口《うらぐち》から入《はい》る必要《ひつよう》があるから、着《つ》いたら連絡《れんらく》してほしい、と頼《たの》んでおいたのだ。

と、そこで。美織《みおり》からメッセージが届《とど》く。

——あと十五分《じゅうごふん》で着《つ》きそう！

自然《しぜん》と上《あ》がっていく頬《ほお》を抑《おさ》えきれず、僕《ぼく》は電話《でんわ》をかけようとする。

けど……。

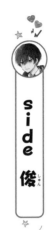

「俊《しゅん》、ちょっと来《こ》い」

蓮司《れんじ》さんに呼《よ》び出《だ》され、楽屋《がくや》の外《そと》に出《で》た。

な、なんだ急《きゅう》に……？

なにやらひとけのない非常階段《ひじょうかいだん》の下《した》まで連《つ》れていかれる。


「はぁ⁉　関係者席《かんけいしゃせき》が取《と》れなかった⁉」

「おう、悪《わり》ぃな。ちょっと手違《てちが》いでな……」

思《おも》わず、辺《あた》りに声《こえ》を響《ひび》かせてしまう僕《ぼく》。

……そっ、そんな……。

「……じゃあ、美織《みおり》は見《み》られないっていうんすか」

「いや、舞台袖《ぶたいそで》ならいけるだろ。俺《おれ》からもスタッフに話通《はなしとお》しとくから」

「ぶ、舞台袖《ぶたいそで》……？」

さらっと蓮司《れんじ》さんは言《い》うけど、けっこうとんでもないことになってない？　それ……。

まぁ、でも……蓮司《れんじ》さんが言《い》うなら、別《べつ》にいいのだろう。

正面《しょうめん》から僕《ぼく》のパフォーマンスは見《み》せてあげられないけど、誰《だれ》よりも近《ちか》くで見守《みまも》っててくれるってことだ。それはそれで、ありがたい。

蓮司《れんじ》さんは、「じゃ、そういうことだから。美織《みおり》ちゃんにもよろしく」と言《い》って、拳《こぶし》を前《まえ》に突《つ》き出《だ》してきた。

「全力《ぜんりょく》でやりきれよ、俊《しゅん》」

「……当《あ》たり前《まえ》、です！」

熱《あつ》く手《て》を握《にぎ》り、正面《しょうめん》から拳《こぶし》をぶつけ合《あ》うと、その場《ば》を後《あと》にした。

——数分後《すうふんご》。

舞台袖《ぶたいそで》に来《き》た美織《みおり》は、案《あん》の定《じょう》おどおどとしていた。

周《まわ》りではスタッフさんたちが忙《せわ》しなく歩《ある》き回《まわ》っているなか、キョロキョロと辺《あた》りをうかがっている。

「わ、私《わたし》……。ここにいてもいいのかな？」

「いいよ。ごめんね、いい席用意《せきようい》してたのに……」

「ううんっ。むしろ、超特別席《ちょうとくべつせき》だよ……!!」

美織《みおり》は、嬉《うれ》しそうに軽《かる》く飛《と》び跳《は》ねていた。

……可愛《かわい》い、なにこの生《い》き物《もの》……。

つい、じっと見入《みい》ってしまっていると、美織《みおり》はくすっと笑《わら》った。

「こら。今《いま》の俊《しゅん》は、ファンの人《ひと》たちのことを考《かんが》えなきゃダメでしょ？」

ドキッ、と心臓《しんぞう》が音《おと》を立《た》てる。

もう……僕《ぼく》は一生《いっしょう》、敵《かな》わないな。

こんな素敵《すてき》なお姫様《ひめさま》には……。

「今日《きょう》の俊《しゅん》は、今《いま》までで一番《いちばん》カッコイイよ!!　自信《じしん》持って行《い》ってきて!!」

ほらほら、と美織《みおり》に背中《せなか》を押《お》される。

僕《ぼく》は、静《しず》かに頷《うなず》くと、ステージのすぐ前《まえ》まで歩《ある》いていく。

……緊張《きんちょう》してるの、バレバレだったかな。

ふっ、と頬《ほお》をゆるめると、パンッと自分《じぶん》の顔《かお》を両手《りょうて》で叩《たた》いた。

よしっ。

僕《ぼく》はもう、世界最強《せかいさいきょう》だ！


会場《かいじょう》にオリジナルPV《ピーブイ》が流《なが》れはじめ、わあああっ、と割《わ》れるような歓声《かんせい》が響《ひび》いてくる。

「俊《しゅん》っ！　いってらっしゃい!!」

離《はな》れたところから、美織《みおり》の声《こえ》がする。

あぁ、大好《だいす》きな人《ひと》に送《おく》り出《だ》されて、最高《さいこう》の舞台《ぶたい》に立《た》てるなんて。

僕《ぼく》はなんて幸《しあわ》せ者《もの》なんだろう？

蓮司《れんじ》さんとメンバーと円陣《えんじん》を組《く》み、気合《きあ》いを入《い》れなおすと、僕《ぼく》はついにステージの上《うえ》に立《た》った。

鳴《な》りやまない歓声《かんせい》が、僕《ぼく》らを待《ま》っていた。

一人《ひとり》ひとりの顔《かお》が、ハッキリと見《み》える。

僕《ぼく》は全力《ぜんりょく》で手《て》を振《ふ》り返《かえ》し、マイクをぎゅっと握《にぎ》りしめる。

音楽《おんがく》が流《なが》れると、合《あ》いの手《て》をいれてくれるファンの人《ひと》たち。

サビの高音《こうおん》は外《そと》まで聞《き》こえるように響《ひび》かせ、カメラが寄《よ》ってきたら、お得意《とくい》のわんこポーズをしっかりと決《き》める。地鳴《じな》りのような歓声《かんせい》に、必死《ひっし》に応《こた》え続《つづ》ける。

最高《さいこう》に楽《たの》しい時間《じかん》が、あっという間《ま》に過《す》ぎていった。

舞台袖《ぶたいそで》で、胸《むね》の前《まえ》で両手《りょうて》を握《にぎ》りながら、私《わたし》は静《しず》かに見惚《みと》れていた。

……もう、カッコイイなんて言葉《ことば》じゃ、表《あらわ》しきれないよ。

叫《さけ》びたい衝動《しょうどう》を抑《おさ》え、俊《しゅん》の声《こえ》に耳《みみ》をすまし、今日《きょう》のために作《つく》ってきたうちわをブンブンと振《ふ》っていた。……って、ぜったいに見《み》えてないけど……。

汗《あせ》を流《なが》しながら、いつまでもキラキラの笑顔《えがお》で踊《おど》り続《つづ》ける俊《しゅん》。

ふと、幼《おさ》い頃《ころ》の俊《しゅん》が頭《あたま》に過《よ》ぎった。

あんなに泣《な》き虫《むし》だったのに……。

今《いま》でも、二人《ふたり》っきりのときは、うるうるした瞳《ひとみ》で見《み》つめてくることはあるけど……こうして大歓声《だいかんせい》に包《つつ》まれる俊《しゅん》は、やっぱりあの頃《ころ》とは別人《べつじん》だ。

気《き》づけば、私《わたし》は前《まえ》に手《て》を伸《の》ばしていた。

当然《とうぜん》、届《とど》くはずはないのに。

俊《しゅん》は……本当《ほんとう》にアイドルなんだなぁ、と。改《あらた》めて実感《じっかん》する。

このままどんどん遠《とお》くにいって……いつか本当《ほんとう》に、離《はな》れていってしまったらどうしよう。

そんな、自分《じぶん》でもめんどくさいと思《おも》うような感情《かんじょう》が、どうしようもなくわいてきてしまった。


コンサートもいよいよ終《お》わりが近《ちか》づくと、ステージの真《ま》ん中《なか》にメンバー全員《ぜんいん》が並《なら》んで立《た》ち、最後《さいご》の曲《きょく》を前《まえ》に一人《ひとり》ひとりが感謝《かんしゃ》の言葉《ことば》を伝《つた》えていく。

最後《さいご》のコメントは、俊《しゅん》だった。

「今日《きょう》は、本当《ほんとう》にありがとうございます。僕《ぼく》らがこうして大《おお》きなステージに立《た》つことができたのも、いつも応援《おうえん》してくださっている皆様《みなさま》のおかげです。本当《ほんとう》に、ありがとう」

俊《しゅん》は、深々《ふかぶか》と頭《あたま》を下《さ》げる。

ファンの人《ひと》たちのあたたかい声《こえ》が、会場《かいじょう》を包《つつ》んだ。

「……最近《さいきん》、Top-of-King3《トップオブキングス》が遠《とお》くにいってしまう、寂《さび》しい、なんて声《こえ》も聞《き》かれるようになりました。けど、僕《ぼく》らはいつでもあなたのそばにいます。これからも、どんどん成長《せいちょう》し、もっと素敵《すてき》な景色《けしき》を見《み》せていきたいです。だからこそ、いろんなことに挑戦《ちょうせん》し続《つづ》けます」

俊《しゅん》が、こちらを向《む》いた。

確《たし》かに、一瞬《いっしゅん》だけ目《め》が合《あ》った。

「大丈夫《だいじょうぶ》。僕《ぼく》は、ずっとずっと大好《だいす》きな人《ひと》たちのために頑張《がんば》るから。だから、安心《あんしん》して？　これからも、全力《ぜんりょく》でついてきてねっ！」

きゃあああっ、と箱《はこ》が揺《ゆ》れそうな歓声《かんせい》に、俊《しゅん》は眩《まぶ》しい笑顔《えがお》で応《こた》える。

涙《なみだ》を流《なが》しながら、私《わたし》は何度《なんど》も頷《うなず》いた。

俊《しゅん》……っ、俊《しゅん》……！

私《わたし》こそ、本当《ほんとう》にありがとう。

ひとり両手《りょうて》を握《にぎ》りしめ、思《おも》わずそう口《くち》にしていた。

——ライブ直後《ちょくご》。

舞台裏《ぶたいうら》にやってきた俊《しゅん》と、強《つよ》く抱《だ》きしめ合《あ》う。

汗《あせ》の香《かお》りが、鼻《はな》をくすぐった。

「ありがとう、美織《みおり》……」

「すーっごくカッコよかったよ!!　俊《しゅん》!」

言《い》うと、俊《しゅん》は息《いき》をもらし、「……ありがとう」ともう一度《いちど》呟《つぶや》いた。

「……僕《ぼく》の気持《きも》ち、ちゃんと伝《つた》わったかな……?」

なんだか不安《ふあん》げに言《い》うから、私《わたし》は顔《かお》を見《み》て、しっかりと頷《うなず》いた。

「ずーっと、ずっと!　俊《しゅん》のこと応援してるよ。なにがあっても、私《わたし》も俊《しゅん》の味方《みかた》だから!」

すると、俊《しゅん》は私《わたし》のおでこに、そっとキスをする。

ふたり笑顔《えがお》で見《み》つめ合《あ》い、また、お互《たが》いを包《つつ》んだ。

「ずっと愛《あい》してるよ、美織《みおり》」

「……私《わたし》も」

「……も?」

「……っ、も、愛《あい》してる……」

俊《しゅん》の胸《むね》に強《つよ》く顔《かお》を埋《うず》めて言《い》うと、ドックン、と心臓《しんぞう》が大《おお》きく鳴《な》る音《おと》が聞《き》こえる。

……ぜったいに、聞《き》こえているはずだけど。

私《わたし》は、これで終《お》わらないことを知《し》っている。

「……なんか、よく聞《き》こえなかったなぁ。もっかい言《い》って？」

「もう……っ！　あ、愛《あい》し……」

「ん？　なになに？」

私《わたし》の口元《くちもと》に耳《みみ》を近《ちか》づけてくる俊《しゅん》に、私《わたし》は大声《おおごえ》で言《い》ってやった。

「愛《あい》してるって言《い》ってんでしょ!!」

しん、と辺《あた》りが静《しず》まり返《かえ》り、忙《せわ》しなく動《うご》いていたスタッフさんたちもこちらを見《み》る。

れんれんや、瑛斗《えいと》も玲《れい》さんも、ニヤニヤとしてこちらをうかがっていた。

……あぁ、もうっ……、また公開告白《こうかいこくはく》みたいなことをしてしまった……っ！

ふっ、と俊《しゅん》は嬉《うれ》しそうに微笑《ほほえ》み、私《わたし》をさらに抱《だ》きしめた。

「僕《ぼく》も愛《あい》してるよ、美織《みおり》。これからもずーっと、僕《ぼく》にだけ可愛《かわい》い顔《かお》してね？」

「……は、はい……」

熱《あつ》くなった私《わたし》は、俊《しゅん》にもたれかかるようにして立《た》っていた。

どこからか、拍手《はくしゅ》の音《おと》が鳴《な》りはじめる。

私《わたし》たちは、きっと今《いま》、世界《せかい》で一番《いちばん》の幸《しあわ》せ者《もの》だ。

カドカワ読書タイム

アイドル幼《おさな》なじみと溺《でき》愛《あい》学《がく》園《えん》生《せい》活《かつ》 君《きみ》だけが欲《ほ》しいんです

2024年6月13日　初版第一刷発行

著者　　木下すなす

発行者　　山下直久

発行　　株式会社KADOKAWA
〒102-8177　東京都千代田区富士見2-13-3
0570-002-301（ナビダイヤル）

印刷・製本　　株式会社広済堂ネクスト

ISBN 978-4-04-683547-5 C8093
©Sunasu Kinoshita 2024
Printed in JAPAN

●本書の無断複製(コピー、スキャン、デジタル化等)並びに無断複製物の譲渡及び配信は、著作権法上での例外を除き禁じられています。また、本書を代行業者等の第三者に依頼して複製する行為は、たとえ個人や家庭内での利用であっても一切認められておりません。
●定価はカバーに表示してあります。
●お問い合わせ　https://www.kadokawa.co.jp/　（「お問い合わせ」へお進みください）
※内容によっては、お答えできない場合があります。
※サポートは日本国内のみとさせていただきます。
※Japanese text only

編集担当　　姫野聡也
グランドデザイン　　ムシカゴグラフィックス
ブックデザイン　　冨松サトシ
イラスト　　あさぎ屋

この作品はフィクションです。実在の人物・団体・事件・地名・名称等とは一切関係ありません。

本書は魔法のiらんどに掲載された「君だけが欲しいんです。～泣き虫な幼なじみと数年ぶりに再会したら、イケメンの王子さま系アイドルになっていました～」を加筆修正したものです。

双《ふた》子《ご》くんがわたしのことを好《す》きすぎる
藤崎珠里
イラスト ななミツ
幼《おさな》なじみは双子《ふたご》の
イケメン王子様《おうじさま》!?
もうすぐ中2になるわたし・くるみはお父さんが海外出張に行く2か月の間、幼なじみの家で暮らすことに。
8年ぶりに再会した久瀬《くぜ》兄弟との生活は毎日がドキドキで……!?
タイプの違うふたりに愛されすぎちゃう期間限定の同居生活がはじまる!!
カドカワ読書タイム
公式サイト
https://promo.kadokawa.co.jp/feature/dokusho-time/
KADOKAW

Hoshiga Furuyoru Kimino
Koewo Kikasete
星《ほし》がふる夜《よる》、
きみの声《こえ》をきかせて
夜《よる》野《の》せせり
イラスト：雪《ゆき》丸《まる》ぬん
いい子《こ》を演《えん》じる私《わたし》は
きみと出会《であ》って変《か》われた──。
配《はい》信《しん》アプリ×青《せい》春《しゅん》
すれ違《ちが》いだらけな恋《こい》に
超《ちょう》胸《むね》きゅん!!
きみの前《まえ》でだけ私《わたし》らしくいられる
明《あか》るくてクラスの人気者《にんきもの》の沙耶《さや》が、唯一本音《ゆいいつほんね》を話せるのは人気配信者《にんきはいしんしゃ》・ヒカリの前《まえ》だけ。
ある日《ひ》、クラスメイトの有馬《ありま》に「嘘《うそ》っぽい笑顔《えがお》」と言《い》われ傷《きず》つくが、
彼《かれ》の抱《かか》える事情《じじょう》を知《し》り少《すこ》しずつ関係《かんけい》が変《か》わっていき──。
カドカワ読書タイム
公式サイト
https://promo.kadokawa.co.jp/feature/dokusho-time/
KADOKAWA
発行：株式会社KADOKAWA

ninotugi mikawa
三川三
イラスト
のり恋
《1分ストーリー》
1冊で100回キュンする超短編集
百恋語
ーヒャクコイガタリー
恋《こい》するたびに強《つよ》くなる。
幸《しあわ》せな恋《こい》のはじまりから切《せつな》ない恋《こい》のおわりまで。
2ページで泣《な》ける青春《せいしゅん》のワンシーンを全《ぜん》100話収録《わしゅうろく》。
「ねえ、知《し》ってる？ 百《ひゃく》の恋《こい》の話《はなし》をすると、恋《こい》が叶《かな》うんだって──」
幸《しあわ》せな恋《こい》のはじまりから、切《せつ》ない恋《こい》のおわりまで。
百通《ひゃくとお》りの恋愛《れんあい》模様《もよう》を描《えが》く、1本《ぽん》60秒《びょう》で読《よ》める超《ちょう》ショートエンタメ。
カドカワ読書タイム
公式サイト
https://promo.kadokawa.co.jp/feature/dokusho-time/
KADOKAWA
発行 KADOKAWA

5分で読書
アイツに届け わたしの想い
学校のアイツ。
憧《あこが》れのあの人。幼馴染《おさななじみ》。
届《とど》け、この恋！
“アイツ”への片想《おも》いのときめきを集めた、“ピュアキュン”ショートストーリー集。
「夏の夜は星の灯《あか》りで」
優実《ゆみ》の後ろの席の男子・須田《すだ》は、いつも眠《ねむ》そうで気《け》だるげ。
だけど話しかけるといつも返事をくれて、気が付いたら須田と話すのが毎日の楽しみになっていた。
そんな須田を、優実は“星灯祭《せいとうさい》”に誘《さそ》いたくて。
「こんな想いの伝え方」
包容力《ほうようりょく》のある人ってたぶんこういう人のことを言うんだろうな、と思う、いつも笑顔《えがお》で優《やさ》しい兄の親友。
憧れていたあの人に、でも花乃《かの》の秘密《ひみつ》の趣味《しゅみ》が知られてしまって——。
など、全10作品を収録。憧れのアイツに、届けこの想い！
イラスト 雨宮 うり
カドカワ読書タイム
公式サイト
https://promo.kadokawa.co.jp/feature/dokusho-time/
KADOKAWA
発行：株式会社KADOKAWA

カドカワ読書タイム 編
5分で読書
だれにも言えない恋
キミのそばにいたい。
だから、この想《おも》いはぜったいに秘《ひ》密《みつ》——。
学校《がっこう》の先生《せんせい》、仲良《なかよ》しな先輩《せんぱい》の恋人《こいびと》、突然《とつぜん》できた義理《ぎり》の弟《おとうと》——。
そんなむずかしい恋《こい》をがんばるすべての人《ひと》へ贈《おく》る、
最高《さいこう》に切《せつ》なくてときめく恋愛短編集《れんあいたんぺんしゅう》。
イラスト 池田 春香
カドカワ読書タイム 公式サイト
KADOKAWA

カドカワ読書タイム　公式サイト
https://promo.kadokawa.co.jp/feature/dokusho-time/
KADOKAWA
発行：株式会社KADOKAWA

カドカワ読書タイム 編
5分で読書
きのう、失恋した
いまは悲しくても、きっといいことあるよ。
高校2年生の瀬川由衣はある朝、不思議なことに気づく。昨日は6月6日だったはずなのに、今日もまた6月6日……。
同じ日が繰り返されている……？　でも、この現象に気づいている人がもうひとりいた。
クラスメイトの山下あかりだ。このループを抜け出すカギはあかりの失恋にあって……？
中高生読者へ向けた作品を募集した短編小説コンテストで「大賞」を受賞した「あかりちゃんの失恋」ほか
恋愛をテーマにした全6本を収録した短編集。しんみりしたあと、明日に向けてちょっと元気になれます。
カドカワ読書タイム
公式サイト

5分で読書
藤崎珠里《ふじさきしゅり》
［イラスト］花芽宮《かがみや》るる
まんがみたいな
キュン恋《こい》、
しよっ!!
全力の「好き」をキミにあげる
寝落《ねお》ち通話《つうわ》にカフェデート、ラブレターでの告白《こくはく》や
バレンタインデーのお菓子《かし》作《づく》り……。
10代女子《だいじょし》があこがれる学生《がくせい》ラブがつまった
8つの恋《こい》の短編集《たんぺんしゅう》。
カドカワ読書タイム
公式サイト
https://promo.kadokawa.co.jp/feature/dokusho-time/
KADOKAWA
発行：株式会社KADOKAWA

5分で読書
未知におどろく、銀河旅行
著者 ますだじゅん
これが、キミの
宇宙との遭遇《ファーストコンタクト》——。
私たちがまだ知らないだけで、宇宙には未知がたくさんある。
「勇者よ、これが真実だ」この世界の重大な秘密を知ってしまった勇者一行は、真実を知るであろう国王の前に立つ。
「レールウェイ惑星」宇宙開拓を行う会社で働く俺たちは、惑星のいたるところに鉄道が走る星を見つけたが……。
「コスマッチの帰還」人類の夢を背負い一万光年の旅をしてきた宇宙飛行士・ミハイルが、
地球に戻ってきたときに見たものとは？
ほか、「昼と夜の同胞」「追撃１０００兆年」「星喰いのキンダイ」など全１８作品を収録
イラスト 佐藤おどり
カドカワ読書タイム
公式サイト
https://promo.kadokawa.co.jp/feature/dokusho-time/
KADOKAWA

5分で読書
昼休みの冒険
［著者］
更伊俊介
藍藤唯
小谷杏子
謎はすぐそばに
かくれてる。
毎日が冒険だ。
5分で本の世界のとりこになれる！　「テスト勉強にうってつけの場所」
5時間目の英語の小テストの勉強なんにもしてなかった！　昼休みの教室はワイワイガヤガヤで勉強に集中できない……
「みんな、静かにして──!!」──と叫んだ途端、まわりから誰ひとりいなくなって……？
「20分間の冒険家」近頃昼休みのサッカーに現れないあいつ。最近昼休みなにしてんかなって聞いてみたら、
学校の案内図にある謎の空白地帯について調べているらしい。学校中を探索してだれも知らない場所の秘密を探ろう！
「謎解きクラブ、最後の謎」もうすぐ卒業。それまでにこのミステリー研究会に伝わる暗号を解かないと
すっきりこの学校を去れない！　原稿用紙に書かれた数字たちには思わぬストーリーが潜んでいて……？
他9本を収録した短編集。冒険のきっかけは毎日のなかに？
イラスト へびつかい
カドカワ読書タイム
公式サイト
https://promo.kadokawa.co.jp/feature/dokusho-time/
KADOKAWA
発行：株式会社KADOKAWA